ANSIEDADE

Coleção SAÚDE DA MENTE

COMO ENFRENTAR A

ANSIEDADE

2ª edição

astral cultural

Editora Natália Ortega
Editora de arte Tâmizi Ribeiro
Produção editorial Ana Laura Padovan, Andressa Ciniciato e Brendha Rodrigues
Revisão João Rodrigues
Capa Agência MOV

Dados Internacionais de Catalogação na Publicação (CIP)
Angélica Ilacqua CRB-8/7057

C728 Como enfrentar a ansiedade/ Astral Cultural. – 2. ed.
— Bauru, SP : Astral Cultural, 2023.
128 p. (Coleção Saúde da Mente)

ISBN 978-65-5566-418-8

1. Autoajuda 2. Ansiedade - Obras populares 3. Saúde mental I. Série

23-5451 CDD 616.8522

Índices para catálogo sistemático:
1. Autoajuda

BAURU
Rua Joaquim Anacleto
Bueno, 1-42
Jardim Contorno
CEP: 17047-281
Telefone: (14) 3879-3877

SÃO PAULO
Rua Augusta 101
Sala 1812, 18 andar
Consolação
CEP: 01305-000
Telefone: (11) 3048-2900

E-mail: contato@astralcultural.com.br

APRESENTAÇÃO

Segundo dados da Organização Mundial da Saúde (OMS), o Brasil é o país com as mais altas taxas de indivíduos acometidos por transtornos ansiosos. O estresse causado pela rotina e as diversas outras condições, desde traumas sofridos ao longo da vida até mesmo a forma de criação dada pelas pessoas cuidadoras ao indivíduo durante a infância, podem exercer influência na manifestação desse tipo de distúrbio sobre pessoas com predisposição a desenvolvê-lo.

Se a prevalência da ansiedade já era preocupante entre os especialistas, a situação se agravou ainda mais durante a pandemia da COVID-19. De acordo com um resumo científico divulgado pela OMS, houve um aumento de cerca de 25% de incidência de ansiedade e depressão em 2020. Os motivos apontados pela Organização são o alto nível de estresse causado pelo isolamento social, a restrição necessária que fizeram com que muitos não pudessem trabalhar e a falta de possibilidade de buscar apoio entre os entes queridos.

Por isso, cuidar da saúde mental e física,a prática regular de exercícios e outras atividades de relaxamento, como acupuntura, yoga ou meditação, são métodos eficazes para afastar a ansiedade. Uma alimentação balanceada e um sono regular também fazem a diferença para quem quer se manter longe do problema.

Conhecer mais a respeito do transtorno e das formas de combatê-lo é essencial para ter uma maior qualidade de vida.

SUMÁRIO

Introdução 11

Como conseguir diagnóstico 37

Possíveis consequências 51

O que existe de tratamento? 77

Orientações profissionais 105

1

INTRODUÇÃO

O debate e as informações a respeito dos transtornos mentais, principalmente a depressão e a ansiedade, estão cada vez mais em alta. Nunca se discutiu tanto sobre esses temas quanto nos dias de hoje, devido tanto ao aumento da compreensão sobre essas doenças quanto pelo número de casos registrados no mundo todo, o qual vem crescendo a cada ano.

Porém, os estudos em torno das síndromes da mente são muito mais antigos e tudo que se sabe hoje a respeito da ansiedade e de outros transtornos é consequência de séculos de análises profundas que evoluíram pouco a pouco até chegar ao patamar de esclarecimento dos dias atuais.

Por isso, antes de entender conceitos mais complexos sobre os transtornos ansiosos, é necessário conhecer a origem da expressão e saber como a humanidade chegou aos conhecimentos disponíveis sobre o assunto atualmente.

O termo "ansiedade" possui diferentes significados, entre eles o efeito fisiológico que o corpo humano sofre em face de algumas situações que envolvam medo ou então expectativa, desencadeando reações neurofisiológicas que o preparam para reagir. Ele também pode ser usado para caracterizar um sintoma, uma espécie de sensação de angústia e aflição que ocorre em exagero ou fora de contexto, podendo fazer parte de inúmeras patologias, sobretudo as doenças emocionais. Além disso, o termo também é utilizado para descrever o Transtorno de Ansiedade Generalizada (TAG), que acomete muitos indivíduos nos dias de hoje.

A ansiedade que ocorre apenas em momentos de apreensão é considerada uma reação positiva, pois nos torna mais cuidadosos diante de alguns tipos de situações específicas, evitando que façamos algo precipitado ou mesmo arriscado. Contudo, quando ela ultrapassa o limite da preocupação momentânea e passa a causar sofrimento à pessoa, atrapalhando sua vida, deve-se ficar em alerta para uma possível manifestação de um distúrbio

— como o TAG —, que necessita de tratamento e atenção adequados.

Além disso, pessoas ansiosas costumam não identificar o limite da normalidade e, pouco a pouco, acostumam-se com esses sentimentos. Por esses motivos, é importante ficar atento e procurar ajuda profissional para um possível diagnóstico.

De onde vem?

A ansiedade é um sentimento intrínseco à natureza humana. Da mesma forma que o medo, ela é uma reação natural do corpo para nos manter cautelosos diante de uma situação potencialmente perigosa. Registros apontam que comportamentos relacionados à ansiedade já eram observados desde a Antiguidade, sem, contudo, receberem esse nome. As alcunhas mais utilizadas na Grécia Antiga, por exemplo, para se referir a sintomas associados à preocupação excessiva eram melancolia, histeria e paranoia.

O termo "ansiedade" só começou a ser utilizado em meados do século XVII, dentro da literatura médica, para distinguir os diferentes níveis de reação das pessoas a problemas considerados comuns, como a falta de dinheiro, frustrações amorosas e doenças.

Já no século XVIII, a ansiedade passou a ser entendida como uma doença de cunho biológico, ou seja, que manifestava apenas sintomas físicos e corporais, decorrentes de alguma enfermidade que acometia o sistema nervoso. Inclusive, é nessa época que surge o termo "neurose" para se referir a essas supostas doenças.

Foi só a partir do século XIX que especialistas começaram a cogitar a hipótese de as doenças da mente terem como causa aspectos psicológicos, e não físicos. Logo no início desse período, na França, ataques de pânico — que atualmente são classificados como um dos tipos de transtorno de ansiedade, ou síndromes ansiosas — passaram a ser entendidos como crises agudas de angústia.

No fim do século, os estudos e o tratamento da ansiedade passaram a ficar concentrados aos cuidados da psiquiatria, graças aos trabalhos desenvolvidos por psiquiatras franceses e pelo austríaco Sigmund Freud, criador da psicanálise.

Os principais avanços em direção a uma maior compreensão dos transtornos mentais e das psicopatias se deram, porém, a partir do século XX. Em 1918, foi publicada a primeira nomenclatura oficial para transtornos mentais, a qual tinha o intuito de promover um maior diálogo entre cientistas e clínicos e ser adotada nos hospitais como forma de orientar a atuação médica.

Apesar de nunca ter sido popularizada, essa nomenclatura teve importante contribuição do especialista Emil Kraepelin, psiquiatra alemão que, no fim do século XIX, começou a estudar e classificar os diferentes tipos de transtornos mentais.

Esse sistema fez com que, aos poucos, a compreensão sobre a necessidade de um consenso na denominação das doenças da mente fosse ampliada. Tal movimento culminou, em 1946, na criação do *National Institute of Mental Health* (Instituto Nacional de Saúde Mental), nos Estados Unidos, organização que até os dias atuais é considerada a mais importante do mundo no que diz respeito à pesquisa em saúde mental.

Foi apenas dois anos depois, em 1948, que a Organização Mundial da Saúde (OMS) incluiu pela primeira vez, na sexta edição da Classificação Internacional de Doenças (CID), uma seção exclusiva para tratar dos transtornos mentais.

Pouco tempo depois, em 1952, foi publicada a primeira edição do Manual Diagnóstico e Estatístico de Transtornos Mentais, o DSM, material que é usado como referência pelos profissionais da área da psicologia e que atualmente encontra-se em sua quinta edição (DSM-5).

Outro marco importante para o avanço da compreensão dos transtornos mentais se deu em 1938. Nessa época, a formulação de hipóteses acerca da influência do ambiente sobre os indivíduos acometidos pelas doenças mentais já estava bastante em alta, quando o psicólogo norte-americano Burrhus Frederic Skinner definiu a ansiedade como "um conjunto de respostas condicionadas diante de eventos aversivos".

Conduzido por essa declaração, o behaviorismo — corrente de pensamento que propõe o comportamento como objeto de estudo da psicologia — exerceu papel importante na defesa da influência do ambiente na manifestação dos transtornos mentais.

A partir desse momento, a pesquisa e os estudos para compreensão das doenças mentais avançou a passos largos, descobrindo cada vez mais desdobramentos, causas e consequências desses transtornos e progredindo de forma satisfatória na busca por tratamentos e métodos que visam amenizar os sintomas das pessoas acometidas pela ansiedade e outros distúrbios.

Por dentro da ansiedade

Em primeiro lugar, é importante diferenciar a ansiedade do medo, dois sentimentos que comumente aparecem associados nos transtornos de ansiedade, mas que, na verdade, nutrem características diferentes. Segundo definição do DSM-5, o medo é a resposta emocional a alguma ameaça iminente real ou percebida, associada a estímulos autônomos aumentados com o intuito de auxiliar o corpo para momentos de luta e fuga e pensamentos de perigo imediato, enquanto a ansiedade se caracteriza pela antecipação de uma ameaça futura, relacionada com tensão e vigilância em preparação para perigos futuros e comportamentos de cautela e esquiva.

Feita essa diferenciação, é possível começar a falar acerca dos transtornos de ansiedade propriamente ditos.

Ainda segundo o DSM-5, a diferença entre cada transtorno se dá pelos tipos de objeto ou situação que desencadeiam medo, ansiedade ou comportamento de fuga no indivíduo. Apesar de apresentarem a tendência de serem comórbidos uns dos outros — ou seja, um mesmo indivíduo normalmente apresenta mais de um transtorno —, é possível diferenciá-los a partir de um exame clínico detalhado sobre as circunstâncias evitadas ou temidas e pelo tipo de pensamento associado a eles.

Efeitos no cérebro

Existem diversos tipos de ansiedade. O mais comum, conhecido como TAG (Transtorno de Ansiedade Generalizada), caracteriza-se pelo estado persistente de preocupação excessiva, que pode durar praticamente o dia todo, durante cerca de seis meses, desencadeando sintomas como inquietação, cansaço, problemas de concentração, alta irritabilidade, tensão muscular e insônia.

Todos esses sinais decorrem do estado de perda de controle e racionalidade, que leva o indivíduo a não conseguir assimilar que aquele medo e preocupação excessivos não são justificáveis, e que a situação em questão não oferece um perigo real, conforme se imagina.

Biologicamente falando, o que acontece nos transtornos de ansiedade é uma perda da integração entre o córtex pré-frontal — região do cérebro responsável por controlar as emoções e estabelecer um equilíbrio emocional com base na racionalidade — e a amígdala — a área mais primitiva do órgão, que libera estímulos instintivos de reação extrema, quando o corpo detecta situações que possam oferecer risco de sobrevivência. Sem conseguir controlar as respostas intensas da amígdala, o córtex pré-frontal tem sua função de equilíbrio racional debilitada, desencadeando medo e preocupação excessivos no indivíduo e, consequentemente, um transtorno de ansiedade.

Incidência e causas

De acordo com os dados mais recentes da OMS, o Brasil é o país com maior taxa de pessoas com transtorno de ansiedade do mundo, apresentando um índice de 9,3% da população. Segundo o levantamento da Organização, as mulheres são as mais afetadas, sendo 7,7% a taxa de indivíduos do sexo feminino com ansiedade no país. Enquanto isso, apenas 3,6% dos homens possuem diagnóstico de algum transtorno ansioso. Os números relativos à população mundial apontam que cerca de 3,6% dos indivíduos apresentam algum distúrbio.

Ao contrário do que se imagina, esse tipo de doença da mente pode se manifestar em qualquer faixa etária, pois existem diversas classificações diferentes de ansiedade, cada uman delas relacionada a eventos próprios a determinadas idades, como é o caso do transtorno de ansiedade de separação, que surge principalmente na primeira infância, pois está ligado à preocupação e ao medo de perder as figuras de apego, como o pai, a mãe, os avós ou as figuras cuidadoras.

Contudo, isso não impede que um adolescente ou um adulto possa manifestar essa variação do transtorno, pois as situações que causam apreensão ou angústia são estímulos muito particulares, podendo o mesmo motivo que desencadeia um transtorno em uma criança também afetar a saúde mental de uma pessoa mais velha.

De acordo com o DSM-5, a maioria das síndromes ansiosas se desenvolve ainda na infância, tendendo a persistir e evoluir ao longo dos anos caso não seja feito o tratamento adequado. A prevalência também é variável de acordo com a nacionalidade dos indivíduos analisados.

Cada tipo de transtorno de ansiedade se manifesta em maior ou menor incidência em determinados países, dependendo do estilo de vida que se tem em cada região ou comunidade. Mas seja onde for, as mulheres costumam liderar as estatísticas de transtornos de ansiedade em relação aos homens.

Também são conhecidas diversas causas responsáveis por desencadear quadros de ansiedade exacerbada, que vão desde fatores situacionais até biológicos. Alguns aspectos apontados como origem ou elementos considerados de risco pelos profissionais da psicologia para o desenvolvimento dos transtornos de ansiedade são:

Genéticos: a maioria dos casos diagnosticados de transtornos mentais está associada a fatores genéticos. Estima-se que de 30 a 50% dos casos de ansiedade sejam decorrentes de causas hereditárias, nos quais a criança herda genes dos pais — ou até mesmo de parentes de primeiro grau, dependendo do tipo de transtorno — que predispõem o desenvolvimento de algum tipo de síndrome ansiosa.

No caso da ansiedade de separação, por exemplo, dados do DSM-5 apontam que a herdabilidade entre gêmeos na faixa dos seis anos de idade foi estimada em 73%, com taxas mais altas entre as meninas.

Enquanto isso, estudos apontam que parentes de primeiro grau de pessoas com transtorno de ansiedade social, ou fobia social, têm de duas a seis vezes mais chances de também desenvolver o distúrbio.

Ambientais: as causas ambientais também têm considerável destaque no desenvolvimento de transtornos de ansiedade, e abrangem desde acontecimentos e experiências negativas até a forma de criação dada aos filhos pela família. A alta proteção ou inibição da vida social da criança pelos pais são aspectos de grande contribuição para determinar a predisposição para a ansiedade.

Impedir a criança de ter contato com diferentes tipos de pessoas, vivências e exposição a riscos aumenta a insegurança e o medo dos pequenos ao precisar enfrentar determinadas situações, podendo até mesmo causar traumas psicológicos que podem desencadear quadros de ansiedade.

Episódios traumáticos — tais como abuso sexual ou físico, morte ou separação de pessoas importantes, acidentes, entre outros — são as causas ambientais mais apontadas como predecessoras da maior parte dos transtornos de ansiedade.

Temperamentais: alguns traços do temperamento são apontados pela psicologia não apenas como causa, mas também como fatores de risco para o desenvolvimento dos transtornos ansiosos. A principal característica temperamental relacionada a distúrbios desse tipo é o neuroticismo. Este fator é definido pela tendência do indivíduo a experimentar emoções negativas e sofrimentos psicológicos intensos, apresentando elevada autocrítica, impulsividade e também vulnerabilidade emocional. Essa característica faz com que a pessoa se torne mais propensa a desenvolver quadros de ansiedade e depressão.

Além disso, a inibição comportamental, o medo de avaliação negativa e a disposição da pessoa a acreditar que os sintomas da ansiedade são prejudiciais são fatores muito associados ao desenvolvimento de diversas síndromes ansiosas, como a agorafobia, o transtorno do pânico e a fobia social.

Indução por medicamentos ou substâncias: existe ainda a possibilidade de um transtorno de ansiedade ser induzido pelo uso, intoxicação ou mesmo exposição a algum medicamento ou outra substância química.

Esses casos, porém, são extremamente raros — os dados aprese3ntados no DSM-5 em relação a essa circunstância apontam que a prevalência na população em geral é de aproximadamente

0,002% para o período de manifestação de 12 meses.

Além disso, essa possibilidade só pode ser considerada no diagnóstico depois de analisados critérios rigorosos. Entre eles está a ocorrência de sintomas de pânico ou ansiedade durante ou logo após o uso e intoxicação por algum fármaco, ou ainda decorrente da abstinência de determinada substância.

Contudo, antes que se possa alegar que os episódios de pânico e ansiedade são realmente consequências dos medicamentos, é necessário comprovar que o referido remédio, droga ou outro elemento químico apontado como causa é capaz de produzir tais sintomas.

Caso seja constatado, por exemplo, que as manifestações sintomáticas precederam à intoxicação ou então ao uso das substâncias, esse diagnóstico pode vir a ser desconsiderado por especialistas.

2

COMO CONSEGUIR DIAGNÓSTICO

O diagnóstico de qualquer transtorno de ansiedade é realizado por profissionais especializados da área, como psiquiatras, psicólogos e neurologistas. Para isso, eles unem informações do histórico do paciente, além de uma avaliação clínica meticulosa.

Por vezes, podem pedir exames complementares a fim de descartar outras hipóteses. Fatores como frequência, duração e intensidade dos sintomas também são importantes para a confirmação.

Contudo, muitas pessoas ainda tentam se autodiagnosticar, normalmente por não entenderem a gravidade de um transtorno que envolva questões emocionais. Essa atitude, no entanto, pode levar a pessoa a pensar que tem um certo tipo de problema quando, na realidade, existe algo totalmente diferente acontecendo em seu organismo.

Falando especificamente do Transtorno de Ansiedade Generalizada (TAG), os sintomas clássicos em quem sofre tendem a ser mais facilmente percebidos. Mas, mesmo assim, é primordial o indivíduo buscar ajuda médica adequada e, em hipótese alguma, praticar a automedicação.

A confirmação de um profissional é necessária, sobretudo, quando o transtorno está associado a algum tipo de sintoma físico. É comum que haja confusão nesse sentido, por exemplo, quando palpitações no coração e falta de ar são interpretadas como sinais de ansiedade e, na realidade, podem ser indicativos de um ataque cardíaco.

Confira alguns dos principais sintomas que levam ao diagnóstico de TAG e descubra como eles se manifestam:

Vazio emocional: quando a pessoa não vê mais sentido nas atividades diárias que antes lhe proporcionavam algum prazer pode ser um importante indicativo de que a mente está precisando de descanso.

É necessário manter-se atento quando o sentimento de insatisfação toma conta, de forma recorrente, do dia a dia do indivíduo — seja insatisfação com emprego, relacionamento afetivo ou familiar, aparência, falta de dinheiro para comprar o que se deseja, entre outras situações. Esse comportamento é um possível sinal de ansiedade.

Sensação de desespero: quem sofre com TAG, normalmente, tem a tendência a sentir-se agoniado diante de qualquer situação, até mesmo diante dos acontecimentos mais simples do cotidiano.

É bem importante observar atentamente o comportamento da pessoa, pois, via de regra, o ansioso é impaciente, apressado, e, por vezes, costuma ter um comportamento compulsivo. Também tende a falar mais rápido do que o normal, embaralhando palavras e confundindo ideias.

Ainda é bastante comum ao ansioso atropelar atividades previstas no dia ou ainda acumular tarefas, pois quer fazer várias coisas ao mesmo tempo ou mudar rapidamente de uma atividade para outra, deixando a anterior, muitas vezes, inacabada.

Compulsão alimentar: esse transtorno, caracterizado pela ingestão excessiva e descontrolada de alimentos, está comumente relacionado ao estresse e à ansiedade. Muitas vezes, inclusive, pode fazer parte de um diagnóstico de depressão. Por isso, dependendo do grau do distúrbio, médicos especialistas indicam remédios úteis na redução da compulsão e no controle dos transtornos associados à ansiedade.

Medo de morrer: a ideia de que uma doença possa estar lhe acometendo nesse momento ou ainda que um desastre pode vir a acontecer a qualquer instante também faz parte dos pensamentos de quadros ansiosos. Medo, insegurança, expectativas e preocupações em excesso são sintomas comuns em casos mais agudos.

Organização excessiva: é comum que algumas pessoas tenham um maior cuidado com limpeza e organização do que as demais. Entretanto, a partir do momento em que detalhes passam a incomodar a ponto de atrapalhar a rotina do indivíduo e a irritá-lo com frequência, é possível que haja um transtorno de ansiedade associado.

Por isso, é importante observar se tal comportamento está dentro do que se considera aceitável e se, principalmente, não traz prejuízo real à pessoa. Caso haja um desequilíbrio, deve-se procurar ajuda médica.

Falta de concentração: frequentemente você está lendo algo e, ao chegar ao final do parágrafo ou da página, percebe que não conseguiu prestar atenção no que acabou de ler? O mesmo acontece quando você está conversando com alguém, e essa pessoa lhe conta uma história? Parece que nada do que ela lhe disse fixou em sua mente?

Essa dificuldade em manter a atenção pode ser um sinal de que a mente não está bem. Uma das características do TAG é estar fora do "aqui e agora", pois os pensamentos se projetam para o depois, para o futuro.

Sensação de que algo ruim vai acontecer: a mente estar constantemente atormentada por supostos acontecimentos trágicos pode indicar o transtorno de ansiedade. Em um estado mais agudo do distúrbio, o indivíduo se atormenta com a suposição de que algo ruim vai acontecer e fica o tempo todo em estado de alerta.

Sinais do corpo

Quem sofre de transtorno de ansiedade, muitas vezes, não sabe que, além dos sinais emocionais, uma série de manifestações físicas também pode ser consequência do problema.

Marcas na pele e tremores: quando um indivíduo passa por situações de estresse ou ansiedade, o fluxo sanguíneo tende a aumentar em seu corpo, deixando a pele mais avermelhada ou, em outros casos e dependendo de sua distribuição, mais pálida do que o natural. Além disso, devido à descarga de hormônios durante o momento de crise, as áreas extremas do corpo, como mãos, pés e pernas, podem ficar trêmulas.

Dor de cabeça: essa área é uma das mais afetadas quando alguma preocupação atinge diretamente a pessoa, gerando ansiedade.

A sensação é a de ter uma fita envolvendo e apertando essa região.

Além disso, podem ocorrer alterações neurológicas ocasionadas pela sobrecarga do sistema nervoso, como algumas mudanças cerebrais, dificuldades excessivas para dormir e estresse crônico. Também é bastante comum a queda de cabelo causada pelo enfraquecimento da raiz capilar decorrente do estresse e da ansiedade.

Visão distorcida: o excesso de adrenalina liberada traz diversas alterações no organismo. A fim de deixá-lo preparado para situações de risco, os olhos são condicionados a detectar quaisquer movimentos que possam apresentar alguma ameaça.

Para isso, a pupila é dilatada, permitindo maior entrada de luz e, consequentemente, deixando a visão mais sensível.

3

POSSÍVEIS CONSEQUÊNCIAS

Assim como outros distúrbios da mente, os transtornos de ansiedade afetam diretamente diversos aspectos da vida da pessoa cuja saúde mental está prejudicada. E, quando não são tratados adequadamente e no tempo certo, os efeitos dessas síndromes tendem a piorar cada vez mais.

Dependendo do tipo de transtorno que acomete o indivíduo, áreas da vida social, como as relações amorosas e até mesmo o desempenho profissional, podem acabar desgastadas e enfraquecidas por consequência dos problemas decorrentes da ansiedade.

Dificuldades para socializar, reclusão — que em casos mais graves pode chegar a ser total, impedindo o indivíduo de sair de casa até mesmo para trabalhar — e mesmo sintomas físicos, como problemas gastrointestinais e insônia, também podem ser consequências da síndrome ansiosa pela qual o indivíduo é acometido.

Além das consequências emocionais e sociais, é comum que os distúrbios da mente apresentem comorbidades, ou seja, outras doenças que se manifestam associadas ao transtorno em questão.

Os aspectos que serão tratados neste capítulo apontam para a importância de buscar ajuda profissional no momento certo para evitar a progressão das síndromes ansiosas. As consequências que esses transtornos — bem como suas comorbidades — podem causar na vida de quem está com a saúde mental prejudicada são praticamente impossíveis de serem superadas sem o auxílio médico e o tratamento adequados.

Transtorno de Ansiedade Generalizada (TAG)

Esse transtorno é um exemplo de como as síndromes ansiosas podem afetar os diversos aspectos da vida de uma pessoa. Por conta da ansiedade generalizada, o indivíduo tem sua capacidade de executar tarefas de forma rápida e eficiente prejudicada significativamente, tanto em casa quanto no trabalho, pois a preocupação constante acaba tomando boa parte do tempo e, principalmente, da energia da pessoa.

O desgaste pela constante tensão muscular e pela angústia—que gera a sensação de nervos à flor da pele e sintomas como impaciência e irritabilidade—aumenta o cansaço do corpo e dificulta a concentração do indivíduo, fazendo com que ele se perca em meio às atividades diárias do emprego ou do lar, acumulando as tarefas e não conseguindo executar nenhuma delas integralmente.

Também é recorrente o prejuízo do sono: o paciente pode apresentar quadros de insônia devido à intensa preocupação que não permite que o cérebro descanse.

Além da incapacidade e do sofrimento permanentes decorrentes do transtorno, a ansiedade generalizada pode ter influência na vida e na autoestima das pessoas que convivem com o paciente. A preocupação excessiva faz com que esses indivíduos sejam, em muitos momentos, incapazes de inspirar o sentimento de confiança de quem está ao redor, afetando principalmente os filhos.

Tomados pelo medo de que algo ruim possa acontecer a qualquer momento, eles não conseguem encorajar os pequenos a fazerem qualquer coisa que possa representar perigo, como praticar algum esporte, ir a uma festa sem os pais ou mesmo apresentar um trabalho na frente da sala ou encarar um papel em uma peça de teatro.

Comorbidades: de acordo com informações contidas no DSM-5, as principais comorbidades do transtorno de ansiedade generalizada são outras síndromes ansiosas, que podem tanto ser predecessoras quanto se manifestar conjuntamente com o TAG. Transtornos depressivos também são apontados como comorbidades a essa síndrome ansiosa.

Agorafobia

Esse é um dos transtornos de ansiedade mais complexos e difíceis. Exatamente por isso é um dos que mais afeta a vida e as atividades diárias das pessoas acometidas por ele.

O paciente tem dificuldade em permanecer em qualquer lugar que não inspire a confiança de que poderá ser socorrido rapidamente caso aconteça alguma coisa com ele — que normalmente ele imagina ser um ataque de pânico iminente.

A improdutividade e a incapacidade de realizar tarefas de forma eficiente, por conta disso, tornam-se extremamente presentes na vida desse indivíduo. Dependendo da gravidade do quadro de agorafobia que foi desenvolvido, a dificuldade na execução de qualquer tarefa — que vai desde a limpeza do lar até os afazeres básicos no trabalho — vai ser mais ou menos acentuada.

O panorama que se tem desse tipo de transtorno, infelizmente, é bem alarmante. Estima-se que cerca de um terço dos indivíduos que sofrem de agorafobia esteja completamente recluso e restrito ao ambiente doméstico, sem conseguir trabalhar, devido ao medo e à preocupação intensos de sair de casa desencadeados por esse transtorno.

Indivíduos nessas condições têm grande possibilidade de ainda desenvolver quadros de depressão, por não conseguirem mais manter relações com amigos, familiares e muito menos frequentar o ambiente de trabalho. Por considerarem vergonhosa a situação em que se encontram e muitas vezes pela falta de estímulos por parte de amigos e parentes, a recuperação se torna ainda mais difícil.

Comorbidades: a associação de comorbidades por indivíduos acometidos por agorafobia é muito comum e todas as moléstias desencadeadas por ela também são transtornos mentais. Outras síndromes ansiosas, tais como fobia social, fobias específicas e transtorno do pânico, normalmente, são comorbidades predecessoras da agorafobia, enquanto transtornos depressivos, transtorno de estresse pós-traumáticos (TEPT) e ainda transtorno por uso de álcool e outras substâncias são considerados secundários a ela.

Fobias específicas

No caso das fobias específicas, a perda de funcionalidade para a execução das atividades de casa e do trabalho, bem como a interação social, também pode ser bastante prejudicada. As restrições e limitações do paciente tendem a ser maiores e mais intensas de acordo com o número de elementos e situações temidos pelo indivíduo, influenciando diretamente na qualidade de vida. Uma pessoa que teme três elementos ou situações, por exemplo, apresentará mais prejuízos em suas funções pessoais e profissionais do que uma pessoa que teme apenas um.

Além disso, o medo de determinadas situações, como a de cair e se machucar, muito recorrente entre as pessoas mais idosas, pode prejudicar ainda mais a funcionalidade e a mobilidade do paciente, que evita se locomover ao máximo.

Outra fobia que influencia diretamente na qualidade de vida é a relacionada a sangue, injeção e ferimentos. O medo de se expor a um desses fatores faz com que o paciente relute em frequentar ambientes hospitalares e até mesmo em receber cuidados médicos, mesmo quando necessita disso por conta de alguma enfermidade ou lesão aguda. Isso pode agravar cada vez mais o quadro de ansiedade e suas comorbidades.

Outra consequência comum relacionada às fobias específicas é a redução do consumo alimentar. Alguns indivíduos acabam diminuindo a frequência com que comem e a quantidade de alimento ingerido por refeição com medo de correrem o risco de vomitar e se asfixiar com o vômito.

Comorbidades: segundo informações do DSM-5, as fobias específicas raramente se manifestam sem a presença de outra patologia associada. Nas pessoas idosas, por exemplo, o transtorno aparece frequentemente relacionado com a depressão.

Os indivíduos acometidos por fobias específicas ainda apresentam risco elevado de desenvolver outros transtornos de ansiedade, bem como transtorno bipolar e transtornos de personalidade.

Fobia Social

O medo de receber avaliação negativa de terceiros, de se expor frente ao público para falar, encenar, tocar ou fazer qualquer outra coisa e de ser observado bebendo ou comendo são as principais características do transtorno de ansiedade social, um dos responsáveis por afetar de forma mais intensa o convívio com outras pessoas dos pacientes acometidos.

As crianças são um dos grupos mais prejudicados. Com reações de choro, ataques de raiva, de se agarrar a algo ou alguém, ou ainda se esconder diante de uma situação em que o contato social é inevitável, principalmente com outras crianças.

Isso explica o fato de esse tipo de transtorno estar associado a altas taxas de evasão escolar, pois as crianças não se encontram confortáveis tendo que frequentar ambientes nos quais se sentem vulneráveis ao julgamento de seus colegas.

Entre os adultos, o transtorno de ansiedade social também tem suas consequências. A dificuldade de construir relações no ambiente de trabalho, conhecer novas pessoas, e o medo constante de julgamento prejudicam de forma significativa o desempenho profissional, desencadeando demissões ou mesmo desligamento por parte do próprio colaborador.

Dessa forma, o desemprego se torna um fator agravante no quadro. Mesmo passando por dificuldades, o paciente não consegue superar seus medos e sua falta de confiança para participar de entrevistas na busca de um novo emprego.

Obviamente, as relações amorosas também são bastante prejudicadas em quem sofre de fobia social, já que o indivíduo nessas condições enfrenta sérios problemas para conseguir se aproximar de outras pessoas. Até mesmo a prática de atividades de lazer pode ser afetada, pois a fobia faz com que a pessoa se sinta exposta a julgamentos alheios tanto se estiver bebendo com os amigos quanto no caso de estar participando de algum tipo de atividade esportiva.

Comorbidades: a fobia social, com frequência, manifesta-se associada a outros transtornos de ansiedade. Mas a principal comorbidade relacionada a ela é a depressão, desencadeada devido à tendência do indivíduo de se isolar socialmente.

Ainda é comum a associação da fobia social com transtornos por uso de substâncias. A automedicação também agrava o quadro, pois os efeitos colaterais de determinados remédios podem desencadear sintomas que vão contribuir para que o paciente fique ainda mais ansioso.

Ainda são comorbidades comuns ao transtorno de ansiedade social o transtorno bipolar e o transtorno dismórfico corporal — este último caracterizado pelo foco obsessivo quanto a alguma irregularidade imaginária ou imperceptível a outras pessoas que o paciente acredita ter em determinada parte do corpo, por exemplo, uma curvatura no nariz.

Essa condição acaba contribuindo para que o quadro de fobia social seja agravado, já que a insegurança com a parte do corpo supostamente defeituosa desmotiva o indivíduo a manter relações sociais.

Transtorno do pânico

Assim como as demais síndromes ansiosas, o transtorno do pânico também é responsável por limitar a capacidade profissional, social e até física do indivíduo. Uma consequência particular apontada no caso deste transtorno é o custo econômico elevado, devido às constantes consultas médicas e também ao gasto com medicamentos.

Com receio de que uma nova crise possa acontecer a qualquer momento, os indivíduos acometidos por transtorno do pânico tendem a ficar em estado extremo de alerta e preocupação, chegando muitas vezes a abandonar o trabalho ou a escola — no caso de crianças e adolescentes — para buscar ajuda no serviço de urgência ou fazer visitas ao médico, como forma de se prevenir de novos ataques.

Devido a esses fatores, o transtorno do pânico também está vinculado a altas taxas de evasão escolar e desemprego, visto que repetidos episódios de ausência no trabalho podem levar o trabalhador à demissão, bem como comprometer o processo de aprendizado das crianças acometidas, que não conseguem se concentrar ou mesmo permanecer na sala de aula.

Comorbidades: são raros os casos de manifestação do transtorno do pânico sem associação a outras psicopatologias. É altamente comórbido para outras síndromes ansiosas, principalmente a agorafobia.

Devido à preocupação constante de que novos ataques possam ocorrer, o indivíduo tende a evitar locais nos quais acredita não ter chances de ser socorrido ou que lhe causem embaraço caso venha a manifestar um novo surto, como, por exemplo, no transporte público e em espaços com alta concentração de pessoas. Nos casos mais graves de manifestação da agorafobia associada ao transtorno do pânico, o indivíduo pode chegar até a reclusão total, saindo de casa apenas nos casos em que está acompanhado.

O transtorno depressivo também aparece bastante associado ao transtorno do pânico. De acordo com dados do DSM-5, as taxas de prevalência para a depressão variam de 10% a 65% para indivíduos acometidos pelo transtorno do pânico.

Na maioria dos casos, o transtorno do pânico precede ou ocorre ao mesmo tempo que a depressão, enquanto apenas um terço dos registros apontam para casos em que a depressão foi primária ao desenvolvimento do transtorno do pânico.

Além das síndromes já citadas, o pânico também é comórbido a inúmeros sintomas e outras condições médicas gerais, tais como asma, arritmias cardíacas, hipertireoidismo e também síndrome do intestino irritável. A natureza da associação do transtorno do pânico com essas condições, porém, ainda é incerta para a ciência.

Transtorno de ansiedade de separação

Apesar de conhecida por acometer principalmente a faixa etária infantil, a ansiedade de separação também pode se manifestar em indivíduos adolescentes ou até mesmo adultos. Assim como nos pequenos, a evolução da síndrome pode desencadear comorbidades e acarretar consequências significativas no convívio social até para as pessoas mais velhas, caso não receba a atenção e os cuidados necessários.

A principal e mais impactante consequência desse transtorno para o convívio social das pessoas acometidas é a limitação em participar de atividades ou frequentar lugares onde sejam obrigadas a ficarem longe de casa ou das figuras de apego.

No caso da manifestação da ansiedade de separação em crianças, as reações mais comumente percebidas são a resistência em frequentar a escola e dormir sozinhas na casa de parentes, amigos, ou mesmo dentro da própria casa.

No caso de adolescentes e jovens, a manifestação do transtorno se dá pela negação a sair da casa dos pais, seja para viajar ou para morar em outra cidade para cursar a universidade, bem como a resistência em arrumar um emprego.

Comorbidades: como consequência do transtorno de ansiedade de separação, as comorbidades mais comuns apresentadas por crianças são o TAG e as fobias específicas. Já em adultos, a taxa de doenças associadas é bem maior: os indivíduos nessa fase da vida tendem a apresentar, de forma secundária, transtorno obsessivo-compulsivo e de personalidade, bem como alguma fobia específica. Ainda são comórbidos à ansiedade de separação em adultos os transtornos depressivo e bipolar, mesmo que se manifestem de forma menos frequente.

4

O QUE EXISTE DE TRATAMENTO?

O transtorno de ansiedade generalizada interfere diretamente no dia a dia das pessoas afetadas, causando alterações na percepção e ainda distorções nas relações pessoais e temporais. Por essa razão, é fundamental ter apoio profissional para que seja possível manter as crises sob controle, entender as causas do problema e garantir mais qualidade de vida.

Caso contrário, a ansiedade pode acarretar sérios danos à saúde, tanto emocional quanto física. Como cada indivíduo manifesta o transtorno em diferentes estágios e níveis, o tratamento não necessariamente é o mesmo para todos. Em alguns casos, medicamentos são necessários; em outros, terapias complementares por si só já demonstram uma melhora significativa do quadro.

Ao falarmos do transtorno, é necessário compreender que sua etiologia — possíveis causas — é multifatorial, envolvendo aspectos psicossociais e biológicos. Contudo, no que se refere aos fatores psicossociais, as principais escolas de pensamento que abordam as situações aqui envolvidas são a cognitivo-comportamental e a psicanalítica.

No primeiro caso,ou seja, na linha cognitivo-comportamental, o principal objetivo é fazer com que o paciente com ansiedade busque compreender melhor as percepções de perigo, que se encontram alteradas devido ao transtorno e fazem com que ele foque demasiadamente em aspectos negativos do ambiente. Já na psicanálise, o intuito é uma análise mais profunda do transtorno, uma vez que ela se baseia na teoria de que a ansiedade é um sintoma de conflitos inconscientes não resolvidos.

Entretanto, existem diversas abordagens dentro da psicologia capazes de auxiliar as pessoas com TAG. Elas trabalham com seus referenciais e técnicas buscando tornar o ser mais consciente de si e, consequentemente, mais capacitado a tomar decisões e posicionar-se melhor diante das adversidades do cotidiano. Saiba mais sobre algumas delas a seguir:

Cognitivo-comportamental: esta linha terapêutica leva em consideração a influência dos pensamentos em relação aos comportamentos. Por meio dessa análise, busca-se fazer com que o paciente com ansiedade reconheça os pensamentos que colaboram para o desenvolvimento da ansiedade e, assim, aprenda a controlá-los para evitar as crises.

Isso significa que o profissional vai alterar o raciocínio do indivíduo a respeito de algumas questões, provocando mudanças na maneira como ele enxerga as situações que o preocupam e no modo como administra suas relações sociais.

Psicanalítica: esse processo terapêutico tende a ser mais demorado, pois visa analisar toda a história de vida do paciente e a maneira como ele se conduz nela. A psicanálise parte do princípio de que todos os comportamentos e sentimentos dos indivíduos são controlados por intenções inconscientes, levando em conta que esses estímulos possam influenciar e causar transtornos atuais. Durante as sessões, o profissional leva o paciente a analisar sua trajetória da infância até o momento presente e como as experiências vividas podem ter impacto no desenvolvimento do transtorno de ansiedade. O tratamento busca desenvolver os sentimentos reprimidos que podem ser a causa dos desequilíbrios emocionais.

Gestalt: pode ser trabalhada de forma individual, em grupo, com as famílias ou qualquer outro tipo de atendimento. Ela se baseia no princípio de que o ser humano é transformado a partir das relações que ele estabelece, ou seja, hoje somos diferentes do que éramos há seis meses, e isso ocorre porque vivemos coisas que nos transformaram.

Com base nisso, profissionais que seguem a linha da Gestalt-terapia afirmam que a ansiedade é o vazio entre o presente e o futuro, ou seja, se estiver vivendo o agora, você não pode estar ansioso.

Interpessoal: também chamada de "terapia de alto contato", suas sessões têm um prazo curto, de 12 a 16 semanas, e nelas é abordado um único problema, analisado e tratado com a ajuda do profissional. Partindo do princípio de que nosso humor é influenciado pelas relações com os outros e as circunstâncias da vida, essa vertente mistura métodos da terapia cognitivo-comportamental com alguns poucos conceitos psicanalíticos. Ela é indicada tanto para pessoas que sofrem de depressão quanto em casos de transtornos de ansiedade ou bipolar.

Medicamentos

Uma vez que a ansiedade passa a comprometer a rotina e, principalmente, a qualidade de vida do paciente e é identificada como um transtorno, os profissionais da área podem indicar a terapia medicamentosa, ou seja, remédios para auxiliar no problema.

Isso normalmente torna-se necessário quando ocorrem certas alterações nos padrões fisiológicos, devido à ansiedade, como mudanças no sono e no apetite, na organização de pensamentos e na capacidade de tomar decisões, além das manifestações somáticas, que incluem taquicardia, sudorese, sensação de formigamento, alteração de pressão, entre outras. É comum, então, que o médico psiquiatra, junto ao processo terapêutico, dê início ao tratamento medicamentoso.

Os compostos mais comuns prescritos são os ansiolíticos, isso é, os tranquilizantes, tanto benzodiazepínicos (BZD) quanto não BZD, e também os antidepressivos, estabilizadores de humor e antipsicóticos. Caso a intenção seja reduzir rapidamente os sintomas, as drogas mais usadas são os benzodiazepínicos. Já para uma resposta a longo prazo, a mais indicada é a medicação antidepressiva, chamada de inibidor seletivo de recaptação da serotonina, substância produzida naturalmente pelo organismo e responsável pelo humor.

Em algumas situações, o médico pode até mesmo combinar os dois tipos de medicamento, principalmente no início do tratamento. Isso porque os antidepressivos demoram algumas semanas para fazer efeito e, enquanto isso, é possível controlar a ansiedade do indivíduo com benzodiazepínico. Conforme a medicação antidepressiva começa a funcionar, os efeitos terapêuticos são sentidos e, então, pode-se retirar gradualmente a outra droga.

Existe um debate acerca dos benefícios e malefícios dos remédios ao organismo. No entanto, o que se deve destacar é o uso correto de cada prescrição, sempre com acompanhamento de um especialista.

Além disso, os medicamentos ansiolíticos são indicados em casos mais graves, para servir como um complemento ao tratamento psicoterápico, uma vez que o seu uso limita-se ao controle momentâneo do transtorno e não à sua cura. Quando necessários, os medicamentos podem ser úteis para aliviar o sofrimento do paciente enquanto ele realiza outros tipos de tratamento.

Hipnose

A técnica da hipnose é comumente confundida com o sono fisiológico, embora o estado de consciência de cada um seja diferente. O indivíduo em estado hipnótico tem um tipo de dissociação entre algumas áreas cerebrais. Quando isso ocorre, as interpretações da região responsável pela consciência, chamada neocórtex, em relação ao sistema límbico (área ligada à memória, ao aprendizado e ao controle de emoções) são interrompidas. Dessa maneira, o cérebro fica mais acessível às induções do hipnoterapeuta, facilitando as ressignificações por certo tempo.

As sessões de hipnose são realizadas em clínicas, geralmente aliadas a sessões de terapias psicológicas. Semelhante a um relaxamento profundo, a técnica permite ajudar a controlar a ansiedade, já que, por meio dos pensamentos, mostra ao paciente as novas atitudes que ele pode adotar, como novos hábitos ou estilo de vida. Além disso, é uma prática milenar que possibilita ao ser humano se conectar consigo mesmo, propiciando autoconhecimento e compreensão dos limites e de sua relação com o mundo.

Um grupo de cientistas do *Davis Center for Mind and Brain*, da Universidade da Califórnia, constatou que meditar regularmente reduz a adrenalina e o cortisol, hormônios relacionados ao estresse, à ansiedade e à hiperatividade.

Tratamentos alternativos

As chamadas terapias complementares, tais como meditação, acupuntura e yoga, podem ajudar no controle do TAG. Além de facilitarem a integração do sistema corpo-mente, elas também induzem uma condição de consciência e disciplina capazes de reeducar a maneira pela a qual o indivíduo lida com os sentimentos de estresse e aflição.

Isso significa que, graças a essa tomada de consciência comportamental e corporal, há uma espécie de reorientação do modo de agir e de responder às dificuldades e aos desafios do dia a dia.

No Brasil, existem práticas integrativas e, inclusive, preventivas que auxiliam em diversos problemas de saúde. Essa diversidade permite ao paciente que escolha qual tratamento vai seguir de acordo com o nível do transtorno e seus sintomas.

Quando associadas ao processo terapêutico convencional, as terapias complementares trazem resultados mais rápidos. Entretanto, apostar somente nelas para curar a ansiedade vai depender do nível em que o transtorno se encontra e também do comprometimento do paciente.

Acupuntura: é uma técnica milenar da medicina tradicional chinesa que se baseia no princípio de que existe uma energia vital que circula por todo o organismo humano por meio de determinados canais, e que uma falha nesse fluxo causa os problemas de saúde.

O método consiste na aplicação de agulhas em determinados pontos do corpo, a fim de estimular as áreas que regulam os canais energéticos e restabelecer o equilíbrio do corpo, facilitando a cura de doenças físicas e emocionais, como a ansiedade, por exemplo. A pressão das agulhas ajuda na liberação de substâncias analgésicas, relaxantes e anti-inflamatórias, agindo sobre os sistemas imunológico, nervoso e endócrino.

Meditação: essa atividade garante o autoconhecimento e a compreensão dos limites de cada um e sua relação com o mundo e com a vida. Além de auxiliar na saúde, ela possibilita ao indivíduo se conectar consigo mesmo. Estudos da Universidade de Cambridge e da Universidade Johns Hopkins, ambas nos Estados Unidos, comprovaram que em casos de depressão leve e moderada a prática regular de meditação garante tanto benefício quanto os antidepressivos.

A técnica não só alivia os sintomas da ansiedade, depressão e dor crônica, como também é capaz de diminuir pela metade a chance de reaparecimento dos episódios de depressão em quem está ou já esteve em tratamento com medicação.

Uma das técnicas de meditação que tem agradado cada vez mais pessoas, principalmente aquelas que sofrem de ansiedade, é a *mindfulness*. Ela consiste em um estado mental no qual se fica consciente de tudo o que está acontecendo no momento. Seu ponto principal é buscar desenvolver a atenção para focar nos afazeres do dia a dia, além de transformar o indivíduo em alguém menos reativo às situações de estresse.

Um dos exercícios de *mindfulness* mais conhecidos dessa prática consiste na "técnica dos três minutos".

1. Tomada de consciência: relaxe e feche os olhos. Em seguida, pergunte-se: "Qual é a minha experiência agora? Qual a sensação em meu corpo neste momento?". Permita-se perceber todas as sensações em seu corpo e reconheça a sua experiência.

2. Centralização: redirecione suavemente sua atenção para a sua respiração. Inspire e expire, observando bem os movimentos. Sua respiração pode funcionar como uma âncora para trazê-lo para o presente e ajudá-lo a entrar em sintonia com um estado de consciência e quietude.

3. Expansão: enquanto respira, amplie o campo de sua consciência. Perceba sua postura, os sons do ambiente e sua expressão facial. Então, verifique como se sente.

Yoga: a ansiedade está diretamente relacionada ao controle de sentimentos, como medo e angústia. Com isso, ao se fortalecer física e mentalmente, conectando-se com sua essência, a pessoa com o transtorno terá maior probabilidade de lidar com essas emoções. A mudança no padrão de respiração, por meio das posturas corporais, respirações, mantras e meditações que fazem parte do yoga, transformam a maneira como o indivíduo lida com os sentimentos e, consequentemente, ajuda a aliviar a ansiedade.

A prática é comumente indicada por diversos especialistas da área da saúde como um complemento bastante benéfico ao tratamento psicoterápico.

Musicoterapia: é indicada para auxiliar no tratamento de problemas de saúde, uma vez que ajuda a desenvolver a alegria e a motivação no indivíduo. Os elementos da música, como ritmo, melodia, som e harmonia, são responsáveis por seu efeito terapêutico no organismo. Além de contribuir na melhora do quadro de pacientes com transtornos psíquicos e com dependência química, a prática ajuda a expressar melhor os sentimentos e a aliviar sintomas do transtorno de ansiedade.

Equoterapia: método terapêutico e educacional que utiliza o cavalo como mediador para diversos tipos de transtorno e doença. Embora esteja mais relacionada à área de reabilitação, a prática também é indicada no combate dos sintomas de depressão e ansiedade, uma vez que não só a parte motora, mas também a afetiva do indivíduo são estimuladas.

Arteterapia: utiliza-se a arte para fins terapêuticos, contando com o processo criativo para ajudar no tratamento de doenças. A técnica consiste na elaboração artística sem preocupação estética, apenas para expressar emoções. Assim, o indivíduo consegue entender mais esclarecidamente a causa de seus conflitos e, consequentemente, desenvolve a capacidade de organizar seus sentimentos e livrar-se de aflições.

Dia a dia equilibrado

Dois dos prejuízos que a ansiedade gera nos indivíduos são as dificuldades em se organizar, tanto física quanto mentalmente, e em manter o foco nas tarefas importantes do cotidiano. Atualmente, alguns profissionais têm apostado nessa função de ajudar outras pessoas nas questões práticas da vida, como é o caso do coach e do mentor.

Vale lembrar que o trabalho deles não se aprofunda tanto nos aspectos pessoais do indivíduo, e se volta menos ainda para as questões psicológicas ou mesmo emocionais. Muitas vezes, quando um desses profissionais percebe que o indivíduo precisa de uma análise mais aprofundada em seus conflitos internos, é sugerido um encaminhamento à psicoterapia.

Somente um psicoterapeuta — que pode ser um psicólogo ou psiquiatra, normalmente — devidamente habilitado pode abordar os aspectos mais íntimos da pessoa e, com isso, ajudá-la a lidar com eles.

Apostar nas técnicas em conjunto pode ser uma ótima forma de conseguir acelerar os resultados e garantir bem-estar e estabilidade emocional.

Coaching

O coach — função que se assemelha a um tipo de treinador, como um técnico nos esportes — é um profissional que trabalha por prazo determinado visando ajudar um indivíduo, grupo ou empresa a encontrar e desenvolver seu potencial em certa área.

O processo consiste em um conjunto de competências e habilidades que são desenvolvidas com o objetivo de alcançar uma meta e aumentar os resultados positivos.

Mentoria

Essa é uma espécie de mentoria na qual um profissional mais experiente acompanha o desenvolvimento de pessoas que estão iniciando em determinada atividade ou profissão, dando conselhos e compartilhando conhecimento. Esse acompanhamento inclui orientação técnica e pessoal em longo prazo. A principal diferença entre a mentoria e o coaching é o tempo de duração do acompanhamento, uma vez que na primeira metodologia não existe qualquer recurso que limite o tempo em que as sessões serão realizadas. Já no coaching, esse número é estabelecido logo no primeiro encontro — geralmente de três a seis meses de duração.

Tutoria

O tutor é também um profissional graduado que orienta o desenvolvimento de um iniciante em uma determinada atividade. Entre o mentor e o tutor, a diferença não é muito significativa: em geral, se pensa no mentor como alguém que faz um trabalho mais abrangente, enquanto a imagem do tutor é concebida como alguém que atua em uma área mais específica.

O objetivo principal do tutor é fazer com que seu tutelado cumpra determinada jornada, bem como auxiliá-lo a superar os obstáculos encontrados pelo caminho.

Counseling

Em geral, esse método é mais pontual, o que significa que não demanda um longo período para ser executado. O conselheiro normalmente é alguém renomado pela quantidade de informações e conhecimentos que possui a respeito de determinado assunto.

Seu papel é orientar em um ponto específico que lhe foi solicitado, sendo o caso mais comum a prestação de auxílio a clientes que necessitam de orientações para tomada de decisões, sejam elas pessoais ou profissionais. Ele não é necessariamente responsável pelo resultado obtido pelo indivíduo nem pela maneira com que sua sugestão foi utilizada.

5

ORIENTAÇÕES PROFISSIONAIS

Para que os tratamentos contra a ansiedade, tanto aqueles que envolvem psicoterapias quanto os medicamentosos, façam efeito mais rapidamente, é importante que o indivíduo siga hábitos de vida saudáveis.

Nesse contexto, isso não significa apenas alimentar-se bem ou ainda praticar atividade física regularmente, mas também cuidar atentamente da saúde psicológica, dormir tempo suficiente, ter momentos de lazer com as pessoas de que gosta e saber priorizar a si mesmo, sem deixar que as questões de terceiros tomem uma proporção maior do que as suas próprias.

Nem sempre essas são tarefas simples de serem cumpridas, seja por falta de tempo, planejamento ou outras questões pessoais. Por isso, apresentamos algumas sugestões de como colocá-las em prática no dia a dia a fim de acalmar a mente e, com isso, reduzir os sintomas do transtorno.

Durma bem

Uma boa noite de sono tem grande influência no dia a dia. Indivíduos que sofrem de insônia acabam desenvolvendo diversos problemas, que podem afetar tanto a parte física quanto a sua saúde mental. Um deles é a ansiedade, já que passar a noite em claro ou ter o sono desregulado pode causar estresse, gerando pensamento acelerado e sensação de euforia. Por essa razão, é fundamental prestar atenção aos sinais.

Nós temos quatro fases de sono, classificadas com o uso de eletroencefalogramas. A primeira e a segunda são as superficiais, nas quais nosso sono é "leve". A terceira e a quarta — a REM (Rapid Eye Movements, em inglês) — são mais profundas. São nessas últimas que podemos recuperar melhor as energias gastas durante o dia.

Pessoas que sofrem de insônia têm dificuldade em iniciar, manter ou consolidar o sono. Isso pode influenciar no cotidiano, causando alterações de humor, irritabilidade, redução da disposição, da concentração e da atenção, sonolência diurna, cansaço físico, entre diversos outros sintomas.

A ansiedade, assim como o estresse pós-traumático, a esquizofrenia, o transtorno bipolar, o transtorno obsessivo-compulsivo, a hiperatividade etc., pode estar associada à insônia. Não significa que ela seja a causa do estresse ou da ansiedade, porém, em longo prazo, ela torna o indivíduo mais suscetível a desenvolver o distúrbio.

Especialistas afirmam que o ideal é dormir de seis a oito horas por noite. Por isso, muitas vezes podem ser indicadas mudanças de hábitos noturnos e até mesmo medicamentos para auxiliar no início ou na manutenção do sono. Lembrando que apenas um médico pode prescrever o remédio adequado.

Algumas atitudes também podem auxiliar no combate à insônia. Manter uma rotina noturna calma e evitar o uso de telas como celular, computador e tablet são sugestões para descansar a mente e evitar que o cérebro fique muito ativo nesse horário. Os dispositivos emitem luzes que inibem a ação do hormônio chamado melatonina, responsável por induzir o sono.

Vale também manter as lâmpadas apagadas e a televisão desligada. Outra dica é criar um horário regular para se deitar, pois isso ajuda o corpo a descansar e funcionar melhor durante o sono.

Assim como a insônia pode gerar ansiedade, há a possibilidade de ocorrer o inverso. Se, quando a hora de dormir se aproxima, os seus pensamentos já começam a ficar acelerados, preste atenção: isso pode ser um indicativo de que você sofre de ansiedade noturna, geralmente causada pelos altos níveis de estresse enfrentados durante o dia.

Esse tipo de transtorno é caracterizado por preocupação e nervosismo excessivos que surgem no período da noite, exatamente no momento em que deveríamos desligar os pensamentos daqueles assuntos que não poderemos resolver naquele instante. Por isso, seja qual for o caso, lembre-se de procurar auxílio profissional para conseguir lidar com o problema.

Aprenda a dizer "não"

Ao contrário do que muitas pessoas pensam, uma negativa não é sinônimo de grosseria ou egoísmo. Pelo contrário. Colocar suas vontades e prioridades na frente de outras coisas é um passo importante para garantir alívio emocional.

O "não" é comumente encarado como uma resposta difícil de ser aceita na sociedade, e essa percepção começa ainda na infância, quando, antes de pedir algo aos pais, os argumentos eram muito bem pensados para que a temível resposta não arruinasse os planos elaborados com antecedência. Realmente, essa palavra pode ser determinante para muitos acontecimentos. Porém, dizer "sim" para tudo não é, nem de longe, a solução.

Aceitar todos os convites para sair, prestar qualquer favor que lhe é pedido, trabalhar excessivamente... Essas atitudes podem ser prejudiciais e acarretar alguns problemas que poderiam ser evitados. Ao não saber dizer "não", acaba-se concordando com a maneira do outro e colocando as vontades alheias acima das que se tem.

Isso não significa que o ideal é negar todo e qualquer convite ou pedido que lhe façam. O equilíbrio emocional depende, muitas vezes, de ser capaz de mediar aquilo que lhe faz bem ou não.

Aceitar sair com os amigos pode ser ótimo para conhecer pessoas novas e ter um tempo para se divertir. Entretanto, caso tenha tido uma semana difícil e necessite de um tempo para você, seja para tomar um banho relaxante ou ler um livro, faça isso sem se preocupar em chatear os outros. Antes de aceitar qualquer coisa, pense se realmente quer fazer aquilo e o quanto aquele favor ou programa poderá prejudicar sua rotina.

Isso significa que não é necessário se tornar um indivíduo que sempre diz "não" a todos os convites ou pedidos de ajuda para passar a impressão de ser alguém seguro e determinado. As coisas devem ser naturais e equilibradas, pensando sempre na sua paz interior e saúde mental. E, embora nem sempre seja fácil negar uma solicitação, existem maneiras de fazê-lo sem, necessariamente, ser rude ou grosseiro. Listamos abaixo três métodos que podem ajudar no processo de priorizar a si mesmo e dizer "não" quando necessário:

Reflexão: Liste mentalmente as situações que mais gostaria de negar. Vale até mesmo ensaiar o "não" na frente do espelho. O importante é estar bem consigo mesmo e conquistar sua felicidade plena.

Atitude: comece a delegar algumas funções. Em vez de realizar a tarefa que alguém lhe pediu e entregá-la prontamente, procure ensinar a pessoa a fazer ou, até mesmo, sugerir outro indivíduo para ajudá-la. Assim, você estará ajudando, porém, com uma carga menor.

Gratidão: agradeça, sempre! Caso tenha surgido um convite para sair ou viajar com os amigos, mas você não está com vontade de aceitar ou prefere não se comprometer financeiramente no momento, diga "não", mas não deixe de agradecer pela lembrança. Isso, sem dúvida, fará com que a pessoa se lembre de você e lhe convide para as próximas vezes. Quem sabe, até lá, você esteja com vontade de quebrar a rotina.

Desconecte-se

Atualmente, para onde quer que olhamos, vemos quase todas as pessoas segurando seus celulares, mandando mensagens, postando fotos, gravando áudios ou simplesmente rolando o feed das redes sociais a fim de ver o que os outros estão fazendo.

É sabido que o avanço da tecnologia trouxe diversos benefícios, no entanto ela carrega consigo outros problemas que não têm uma solução tão simples. Dentre eles está a ansiedade causada pelo desejo de estar sempre conectado às redes por meio dos aparelhos móveis.

Os motivos são os mais variados. Entre eles, a grande preocupação em colocar as melhores fotos e frases e o indicativo de ter sido bem-sucedido: o número de curtidas. A pessoa fica à espera desse retorno; e ainda existem as comparações de sua própria vida com a dos outros. Nesse universo, curtidas e compartilhamentos podem se tornar uma forma de reconhecimento e aceitação por parte das outras pessoas.

Há alguns indícios de que você pode estar se dedicando demais ao mundo virtual: passar muito tempo utilizando os dispositivos; tentar constantemente parar ou diminuir o uso da internet, mas sem sucesso; sentir muita falta quando não está conectado; ficar aborrecido por não estar on-line, entre outros. Então, caso você tenha se identificado com os sinais, a melhor solução é procurar ajuda médica e tentar controlar seus impulsos (e os dedinhos também).

Uma dica válida para utilizar a tecnologia a seu favor na luta contra a ansiedade é baixar alguns aplicativos de meditação ou concentração, por exemplo, que podem ajudar a relaxar e manter a calma nos momentos de maior necessidade. Além disso, tente estabelecer um tempo máximo para utilizar os dispositivos durante o dia.

CONSULTORIAS

Adriano Saran, *terapeuta;*

Alessandro Baitello, *fundador da Rede Clínica da Hipnose, professor e especialista em hipnose;*

André Lima, *neurologista;*

Andreia Calçada, *psicóloga, psicoterapeuta e especialista em neuropsicologia;*

Arlindo Fiorentim, *professor do curso de formação de instrutores de yoga integrado do grupo Zênite;*

Berta Sheila de Souza Ribeiro, *psicóloga e coordenadora do curso de Psicologia da Anhanguera de Niterói;*

Daniela Sopezki, *mestra em psicologia clínica e instrutora de mindfulness;*

Eduardo Najjar, *psiquiatra da Rede de Centros Médicos Dr. Consulta;*

Fábio Sawada Shiba, *neurologista;*

Julieta Guevara, *psiquiatra e diretora da Neurohealth, Centro de Métodos Biológicos em Psiquiatra, do Rio de Janeiro (RJ);*

Leonard F. Verea, *médico psiquiatra;*

Letícia Guedes, *psicóloga;*

Lia Clerot, *psicóloga;*

Marden Marinha, *médico e membro da Associação Brasileira de Psiquiatria;*

Mario Louzã, *psiquiatra;*

Maura de Albanesi, *mestra em psicologia;*

João Jorge Cabral, *médico, psiquiatra, hipniatra e presidente da Associação Brasileira de Hipnose (ASBH);*

Rafael Brandes Lourenço, *psiquiatra pela Associação Brasileira de Psiquiatria (ABP),psicogeriatra e médico do sono pelo*

Instituto de Psiquiatria do Hospital das Clínicas da Faculdade de Medicina da Universidade de São Paulo;

Rafael Higashi, *médico neurologista;*

Sofia Bauer, *psiquiatra e autora dos livros Manual de Hipnoterapia e Cartilha do Otimismo;*

Sheila Gutierrez, *psicóloga;*

Tito Paes de Barros Neto, *psiquiatra e docente do Programa Ansiedade (Amban) no Instituto de Psiquiatria do Hospital das Clínicas da Faculdade de Medicina da Universidade de São Paulo (IPq-HCFMUSP).*

FONTES

APA. American Psychiatric Association. Manual Diagnóstico e Estatístico de Transtornos Mentais: DSM-5. Porto Alegre: Artmed, 2014.

OLIVEIRA, José H. Barros de. Neuroticismo: algumas variáveis diferenciais. Análise Psicológica, v.20, n.4, 2002. Disponível em: https://repositorio.ispa.pt/bitstream/10400.12/6579/1/AP_20%284%29_647.pdf. Acesso em: 18 de set. 2023.

TINOCO, Gesiane Agostinho Barbosa; LOPES, Renata Ferrarez Fernandes; LOPES, Ederaldo José. Neuroticismo, emoções e comportamentos de risco em pacientes ambulatoriais. Revista Brasileira de Terapias Cognitivas, v. 7, n. 2, p. 8-16, dez. 2011 . Disponível em: http://pepsic.bvsalud.org/scielo.php?script=sci_arttext&pid=S1808-56872011000200003&lng=pt&nrm=iso. Acessos em: 18 set. 2023.

MACHADO, M.B. et. al. . Prevalência de transtornos ansiosos e algumas comorbidades em idosos: um estudo de base populacional. Jornal Brasileiro de Psiquiatria, v. 65, n. 1, p. 28-35, jan. 2016. Disponível em: https://doi.org/10.1590/0047-2085000000100. Acesso em: 18 de set. 2023.

FERNANDES, M. A. et. al.. Prevalência dos transtornos de ansiedade como causa de afastamento dos trabalhadores. Revista Brasileira de Enfermagem, v. 71, p. 2213-2220, 2018. Disponível em: https://www.scielo.br/j/reben/a/BJjn3CpqWBMPky8GNNGBCBS/?lang=pt#. Acesso em: 18 de set. 2023.

DALGALARRONDO, Paulo. Psicologia e semiologia dos transtornos mentais. Porto Alegre: Artmed, 2ª ed., 2008.

WOLF, Camila. Querida Ansiedade: um guia simples para transformar a vilã em amiga. Disponível em: https://www.queridaansiedade.com.br/

ITO, P. DO C. P.; GOBITTA, M.; GUZZO, R. S. L.. Temperamento, neuroticismo e auto-estima: estudo preliminar. Estudos de Psicologia (Campinas), v. 24, n. 2, p. 143–153, abr. 2007. Disponível em: https://doi.org/10.1590/S0103-166X2007000200001. Acesso em: 18 de set. 2023.

NARDI, A. E.; SILVA, A. G. da; QUEVEDO, João (org.). Transtorno de pânico: teoria e clínica. Porto Alegre: Artmed, 2013

Segunda edição (outubro/2023) · Primeira reimpressão
Papel de miolo Luxcream 80g
Tipografia Alegreya Sans, Bison e Visby
Gráfica Piffer Print

Esta edição foi feita
com carinho pela TAG
para seus associados.

O DIA EM QUE A POESIA DERROTOU UM DITADOR

ANTONIO SKÁRMETA

Tradução
Luís Carlos Cabral

TAG

EDITORA RECORD
RIO DE JANEIRO • SÃO PAULO

EDITORA-EXECUTIVA
Renata Pettengill

SUBGERENTE EDITORIAL
Mariana Ferreira

ASSISTENTE EDITORIAL
Pedro de Lima

AUXILIAR EDITORIAL
Juliana Brandt

REVISÃO DE TRADUÇÃO
Ivone Benedetti

CAPA E PROJETO GRÁFICO
Leticia Quintilhano

REVISÃO
Gloria Carvalho

DIAGRAMAÇÃO
Beatriz Carvalho

TÍTULO ORIGINAL
Los días del arcoíris

CIP-BRASIL. CATALOGAÇÃO NA PUBLICAÇÃO
SINDICATO NACIONAL DOS EDITORES DE LIVROS, RJ

S638d Skármeta, Antonio, 1940-
O dia em que a poesia derrotou um ditador [edição especial TAG livros] / Antonio Skármeta; tradução de Luís Carlos Cabral. - 1ª ed. - Rio de Janeiro: Record, 2020.

Tradução de: Los días del arco-íris
ISBN 978-65-55-87098-5

1. Ficção chilena. I. Cabral, Luís Carlos. II. Título.

20-65490 CDD: 868.9933
CDU: 82-3(83)

Leandra Felix da Cruz Candido - Bibliotecária - CRB-7/6135

Texto revisado segundo o novo Acordo Ortográfico da Língua Portuguesa.

Impresso no Brasil

ISBN 978-65-55-87098-5

A Roberto Parada Ritchie e família

A Manuel Guerrero e família

A Raúl Alarcón

Erano i giorni dell'arcobaleno,
finito l'inverno tornava il sereno.

Nicola di Bari

UM

Na quarta-feira prenderam o professor Santos.

Nada incomum nos tempos atuais. Só que o professor Santos é meu pai.

No primeiro horário das quartas-feiras temos filosofia, depois ginástica e em seguida duas aulas de álgebra.

Quase sempre vamos juntos para o colégio. Ele prepara o café e eu frito ovos e ponho o pão na torradeira. Papai toma café bem forte e sem açúcar. O meu é com leite, meio a meio, e, embora também não use açúcar, giro a colherzinha na xícara como se o tivesse posto.

Este mês o tempo está ruim. Faz frio, cai uma chuva fina, e as pessoas protegem o nariz com seus cachecóis.

Papai tem uma capa de chuva clara, bege, como a dos detetives dos filmes.

Eu coloco uma jaqueta preta de couro por cima do uniforme. As gotas resvalam no couro e não conseguem me molhar. Até o colégio são cinco quarteirões. Assim que saímos do elevador, papai acende seu primeiro cigarro e vai fumando lentamente até a porta do liceu.

O cigarro dura exatamente até esse ponto; então ele o atira no chão e faz um gesto teatral para que eu esmague a guimba com o pé. Depois vai à sala dos professores pegar o diário de classe e, quando entra na nossa sala pergunta, onde estávamos da última vez.

Na última vez estávamos em Platão e no Mito da Caverna. De acordo com Platão, nós homens vivemos como zumbis vendo na parede de uma caverna as coisas que acontecem, que não passam de sombras de coisas reais projetadas por uma fogueira contra o fundo. Esses homens, que nunca viram as coisas verdadeiras, acreditam que as sombras são coisas reais. Mas, se saíssem da caverna e vissem as coisas sob a luz do sol, se dariam conta de que tinham vivido num mundo de aparências e que aquilo que achavam ser verdadeiro não passava de pálido reflexo da realidade.

Antes de voltar a Platão, o professor Santos faz a chamada e, se algum aluno tiver faltado, põe um ponto vermelho ao lado do nome dele. Embora saiba muito bem que fomos juntos para o colégio, quando chega à letra "S", diz "Salas" e depois "Santos", e eu tenho de responder "Presente". Meu pai alega que o acaso de eu ter caído em sua turma de filosofia não me exime de nenhuma das minhas responsabilidades, nem mesmo dessa coisa tão absurda que é responder à chamada. Diz que, se eu não estudar, por mais que seja seu filho, vai me fazer repetir de ano.

Eu gosto de filosofia, mas não gostaria de ser professor como papai, porque é preciso levantar cedo, fumar cigarros fortes e, ainda por cima, ganhar pouco.

Antes de começar a aula, meu pai limpa as lapelas, para o caso de ter caído um pouco de cinza. E depois dispara sua frase favorita: "Por que há Ser, e não o Nada?" — E acrescenta: "Essa é a pergunta de um milhão de dólares. No fundo, essa é a única e grande pergunta da filosofia."

A pergunta que me aflige nestes dias é que, se há Ser, tem de ter um sentido o fato de haver Ser, porque, se não houvesse um sentido, daria no mesmo se não houvesse Ser.

Minha namorada, Patricia Bettini, diz que o sentido do Ser é estar sendo e pronto, ou seja, sem finalidade de nenhum tipo. E me pede que não complique tanto as coisas e seja espontâneo. Ela é meio hippie.

Justamente na noite de terça-feira, antes de levarem papai preso, eu lhe contei o que Patricia Bettini pensava, e ele ficou indignado. Despejou sal na sopa duas vezes e depois a afastou, dizendo que não iria tomá-la porque estava salgada demais.

Liguei a televisão, mas a primeira imagem que apareceu foi de Pinochet beijando uma velhinha, e desliguei antes que papai visse.

Aproveitou para me dizer que não confiasse tanto em Patricia Bettini porque, se ela acha que o Ser é o que o Ser vai sendo e pronto, não entende uma coisa que nenhuma garota inteligente pode ignorar: que os homens têm consciência, os homens são o Ser e ao mesmo tempo pensam o Ser e, portanto, com seu pensamento podem dar sentido e direção ao Ser. Em síntese, estabelecer valores absolutos, aspirar a esses valores. Bem é bem. Justiça é justiça, e não pode haver uma justiça na medida do possível.

Segundo papai, o que importa é a ética: o que fazer com o Ser.

DOIS

Na tarde da quinta-feira, Adrián Bettini recebeu uma carta. Não havia sido trazida pelo carteiro do bairro, mas por dois funcionários jovens com distintivos de policiais embaixo da lapela, que tocaram brevemente a campainha e sorriram para a empregada, pedindo que entregasse pessoalmente a carta ao dono da casa. O jovem Nico Santos, que havia sido convidado para tomar chá, acompanhou a cena da sala de jantar e depois se deteve no olhar que Patricia Bettini lhe dirigiu quando o pai, com largas passadas informais, avançou resignado até a porta usando uma camisa de lã desbotada.

Depois de assinar o caderno que os jovens despreocupados lhe entregaram para que acusasse o recebimento do documento e de anotar o número de sua carteira de identidade nele, rasgou o envelope e mergulhou no conteúdo.

Como que adivinhando que a filha e Nico lhe perguntariam o que dizia a missiva, adiantou-se e disse que era uma intimação do ministro do Interior para comparecer às dez horas da manhã do dia seguinte no edifício da sede de governo do general Pinochet.

Patricia Bettini não conseguiu evitar um sobressalto. O pai estivera duas vezes na prisão, e, em uma delas, uns brutamontes não identificados o haviam raptado e agredido até deixá-lo inconsciente.

O homem pediu à esposa Magdalena que se sentasse com eles à mesa do chá e, depois de agitar demoradamente a colherzinha na xícara, confessou que hesitava entre ir no dia seguinte ao encontro com o ditador ou já aprontar depressa uma malinha e se esconder por alguns dias em casas de amigos.

Patricia Bettini recomendou que se escondesse.

A esposa recomendou que fosse ao encontro. Era melhor enfrentar as coisas do que passar a vida escondido.

Nico Santos colocou um pouco de pasta de abacate em sua torrada e espalhou-a com a faca. O silêncio era tal que esse ínfimo movimento sobre o pão lhe pareceu estridente.

TRÊS

E então acontece que na quarta-feira estávamos no Mito da Caverna quando entraram dois homens de cabelo curto, bem barbeados, e disseram a papai que os acompanhasse.

Meu pai olhou para a cadeira na qual deixara a capa de chuva, e um dos homens lhe disse que a levasse com ele. Meu pai pegou-a e não olhou para mim.

Ou melhor, não sei como explicar, mas olhou para mim sem me olhar.

E era estranho, porque, quando os dois homens levaram papai, todos os garotos da classe estavam me olhando.

Sem dúvida pensavam que eu estava com medo. Ou achavam que eu deveria ter pulado sobre os homens e tê-los atacado, impedindo que levassem meu pai.

Mas eu e o professor Santos havíamos previsto essa situação.

Até lhe tínhamos dado o nome de um silogismo. Chamávamos de situação "Baroco": se agarrassem papai diante de testemunhas, significava que não poderiam desaparecer com ele como faziam com outras pessoas, que enfiavam num saco com pedras e atiravam de um helicóptero no mar. Na classe somos trinta e cinco alunos e todos vimos com nossos próprios olhos que levaram papai. Ele disse que era uma situação ótima, porque é certo que não vão matá-lo. Nesse caso, está protegido pelas testemunhas.

De acordo com o plano "Baroco", quando prenderem papai, preciso fazer duas ligações telefônicas para uns números que sei de cor, mas não conheço o nome das pessoas. Depois preciso levar uma vida absolutamente normal, vir para casa, jogar futebol, ir ao cinema com Patricia Bettini, não faltar às aulas, e no fim do mês ir à tesouraria pegar o cheque do seu ordenado.

Por isso, quando levaram o professor Santos, comecei a desenhar círculos numa folha de caderno, enquanto sentia a teia de silêncio crescer ao meu redor. Sem dúvida meus colegas achavam que eu era um covarde e que, por puro instinto, deveria ter reagido e defendido meu velho.

Mas é que papai me disse cem vezes que não tem medo de nada, a não ser de que alguma coisa aconteça comigo.

E aqui todos sabem que um menino de dezessete anos desapareceu há meses e não voltou até hoje.

Tenho de suportar esses olhares porque não posso explicar aos colegas de classe que estou pondo em prática o silogismo "Baroco".

Se meu pai tivesse desaparecido sem que houvesse testemunhas, então estaríamos enfrentando o silogismo "Bárbaro", e eu talvez tivesse morrido de dor.

Depois que levaram o professor Santos, o inspetor Riquelme entrou na sala e nos deu um exercício de análise de texto.

E quando finalmente chegou a hora do recreio, fui para o banheiro. Não queria falar com ninguém. Não queria que ninguém falasse comigo.

QUATRO

O senhor Bettini desenterrou uma gravata de um baú e fez, sem alegria, o nó diante do espelho. Mandou a filha para o colégio de táxi e pediu à mulher que o acompanhasse até a entrada do palácio do governo. Quando chegaram, deu-lhe um beijo e, depois de descer do carro, entregou-lhe as chaves do veículo, "por via das dúvidas".

Faltavam cinco para as dez quando Adrián Bettini entrou na central de operações da ditadura.

As secretárias que atendiam no *hall* de entrada usavam uniformes de cor fúcsia, tinham fala mansa, eram amáveis e cheiravam bem.

Foi levado de uma sala a outra, de um elevador a outro, de um funcionário a outro, até que o fizeram entrar numa sala cheia de maciezes, poltronas de couro e sigilosos tapetes.

Atrás da mesa ("atrás da mesa", disse Bettini a si mesmo como se estivesse relatando a alguém uma situação que talvez nunca pudesse contar) estava sentado o ministro do Interior em pessoa.

Quase teve um colapso. O doutor Fernández era considerado o homem mais duro do regime. Só o general Pinochet o superava nesse quesito. Bettini percebeu, mesmo em seu estrito mutismo, que, se tivesse de falar naquele instante, sua voz sairia rouca.

O ministro do Interior sorriu para ele.

— Agradeço por ter vindo, dom Adrián. Quero informá-lo de que dentro de dois meses o governo fará um plebiscito... Por que está sorrindo?

O homem tratou de corrigir o esgar de seus lábios. Apertou as mãos dentro do paletó ao responder:

— Um plebiscito igual ao de 1980, ministro?

— O plebiscito de 80 não foi fraudulento. Pinochet ganhou com setenta por cento dos votos. Mas compreendo muito bem que, diante de uma cifra tão contundente, o senhor, um esquerdista, recorra aos lugares-comuns da demagogia e nos acuse de fraude.

Bettini esfregou a lapela como se estivesse suja de cinza. O fato de estar discutindo com o ministro do Interior começava a lhe conferir inesperado *aplomb*. Se a qualquer momento fossem matá-lo ou torturá-lo, tanto fazia o que dissesse. Uma espécie de veloz dignidade suicida encheu sua boca antes do pensamento.

— Perdoe-me se lhe dei essa impressão, ministro. É que as pessoas pensam o pior quando um plebiscito não conta com partidos legais que tenham representantes nas mesas de votação, quando os votos são contados apenas por funcionários do governo, quando não há tribunal para regulamentar as eleições e quando não se permite uma imprensa independente para publicar a opção contrária à dos senhores. Mas, afora esses pequenos detalhes, o plebiscito vencido por Pinochet deve ter sido limpo.

O ministro se balançou em sua cadeira giratória e sorriu, com uma dentadura perfeita que o fazia parecer mais jovem.

— Agora tudo correrá às mil maravilhas. Queremos que o plebiscito de cinco de outubro seja impecável e insuspeito. Os opositores serão admitidos nas mesas de votação, haverá equipes de nossos inimigos políticos nos centros de apuração, não vetaremos os observadores estrangeiros, e a partir de amanhã será suspenso o estado de sítio em todo o país.

— Que bom! E o que será votado?

— "Sim" ou "Não".

— "Sim" ou "Não"?

— "Sim" significa que o eleitor quer que Pinochet continue mais alguns anos na presidência. E "Não", que ele quer que Pinochet se afaste e que vários candidatos participem de eleições presidenciais dentro de um ano.

— Eleições!

— E não é só isso. Como queremos legitimar Pinochet democraticamente diante do mundo, vamos permitir que a oposição faça propaganda do "Não a Pinochet" um dia na televisão.

— Na televisão!

O ministro lhe ofereceu um copo de água mineral borbulhante.

— Não tenho champanhe para o senhor comemorar, mas aceite esta aguinha.

Bettini estava com a boca tão seca que, antes de engolir um pouco da água, bochechou discretamente.

— Bem, ministro. Felicito-o por esses arroubos democráticos. Posso lhe perguntar agora por que me chamou?

O funcionário se levantou com um gesto solene e enigmático e ficou um tempo acariciando as borlas que enfeitavam as cortinas da janela.

— Sei que o senhor é um inimigo convicto do nosso regime — disse, ficando de costas. — Sei também que, certa vez, foi amedrontado pelo meu pessoal.

— Amedrontado... Que eufemismo magnífico, senhor Fernández!

O ministro virou-se para ele e balançou um dedo diante de seu nariz.

— Para seu conhecimento, informo que chamei severamente a atenção desses funcionários.

— Minha clavícula quebrada agradece. E agora poderia me dizer o que quer de mim?

Fernández juntou as palmas das mãos e pousou os dedos sobre a mandíbula.

— Há uns quinze anos, eu era executivo da Coca-Cola e passei a admirá-lo como publicitário quando fez a campanha de uma empresa concorrente que estava lançando um novo refrigerante, o Margot, que tinha um sabor estranho, um gosto amargo. Era muito difícil introduzir no mercado uma bebida de sabor amargo porque todo mundo estava acostumado com refrigerantes doces. Está lembrado?

— Sim, senhor ministro.

— Lembra do slogan dessa campanha vitoriosa?

— Sim. "Margot, amarguinho como a vida."

— Genial, Bettini, genial!

— Não me diga que mandou chamar-me para me parabenizar por um slogan que tem quinze anos.

O ministro esfregou o punho direito na palma da outra mão.

— Não. Mas agora estou precisando vender um produto que a população acha amargo: mais oito anos de Pinochet.

Bettini não sabia se sorria ou se mantinha o rosto impassível.

— Ministro, o que está me propondo?

— Como suponho que será indicado pela oposição para ser o diretor de criação da campanha do "Não a Pinochet", proponho que seja o chefe da publicidade de nossa campanha pelo "Sim".

— "Sim a Pinochet"?

— "Sim a Pinochet". — Ele esperava qualquer reação a semelhante proposta, menos um sorriso. — Acredite que me sinto aliviado. Por que está sorrindo?

O pai de Patricia Bettini apertou com três dedos o septo nasal como se quisesse aplacar uma nevralgia.

— Quantas voltas a vida dá! Quando Pinochet deu o golpe e o nomeou ministro, fui demitido, preso e torturado. E, agora, a mesma pessoa que me enfiou na prisão e me deixou sem emprego está me oferecendo trabalho.

— Percebo muito bem o paradoxo da situação. Mas o senhor é o melhor publicitário do país, e para essa campanha quero só o melhor. Um profissional! O senhor pode criticar nosso governo como quiser, mas não pode negar que temos uma equipe brilhante de profissionais. A economia prospera!

— Para os ricos.

— Mas logo chegará o momento em que a riqueza será tanta que se derramará sobre os pobres.

— Aí está o slogan que procura para a campanha do "Sim a Pinochet": "*Quando os ricos se fartarem, atirarão as sobras do banquete aos pobres.*"

— Tenho certeza de que o senhor terá uma ideia muito melhor, Bettini. Então, o que me diz?

— O que lhe digo? Digo que comentam que nada do que acontece neste país escapa ao seu conhecimento.

— Oh, sim. Já ouvi esse exagero.

— Dizem que nenhuma folha se move sem que o senhor saiba.

— É uma fama que às vezes me gratifica e outras me complica.

Bettini encheu o copo de água mineral, bebeu um gole e depois limpou os lábios com o dorso da mão.

— Minha filha Patricia está muito preocupada porque seus homens prenderam o professor de filosofia do namorado dela.

— Vamos ver.

— É um idoso, especialista em filosofia grega. Não representa perigo para ninguém. Um homem velho.

— Tão velho que vendia balas no circo romano?

O ministro bateu nas coxas comemorando o gracejo com uma gargalhada e em seguida abriu uma pasta verde.

— Ele já não é nenhum rapaz.

— Perdoe a brincadeira, Bettini. Muita gente se preocupa à toa. Às vezes meus homens fazem um par de perguntas rotineiras e os detidos voltam para casa tranquilamente.

— Ministro, há mais de três mil desaparecidos.

— Esse é um exagero das estatísticas. O país já superou o estado de emergência. Não estou lhe dizendo que faremos um plebiscito cem por cento democrático? Sua filha não tem motivos para se preocupar.

Bettini ficou em pé e apalpou o nó da gravata para disfarçar a reação de seu pomo de adão quando engoliu abruptamente a saliva acumulada na língua.

— Santos — disse, com voz rouca.

— Perdão?

— Santos. O professor de filosofia se chama Rodrigo Santos.

O ministro pôs as mãos sobre a pasta para alisar uma página e girou a ponta da esferográfica, traçando um círculo.

— Escola?

— Instituto Nacional.

— Opa! "O primeiro foco de luz da nação."

— Ministro?

— "O primeiro foco de luz da nação." É isso que diz a letra do hino do instituto. Lugar dos fatos?

— A sala de aula.

— Testemunhas do procedimento?

— Mais de trinta alunos. Estavam no meio de uma aula.

O funcionário suspirou com um súbito ar de cansaço.

— Descrição dos oficiais?

— Cabelos curtos, jovens, capas de chuva...

— Como nos filmes. Dia?

— Quarta-feira. No primeiro horário da última quarta-feira.

O ministro fechou a pasta com um tapa e, levantando o queixo, deixou que um silêncio carregado de intenções se prolongasse antes de falar.

— E o que diz da nossa história, Bettini?

"Nossa história", pensou o publicitário. Então tinha algo em comum com o ministro do Interior. "Nossa história."

— Quanto tempo me dá para pensar?

— Alguns dias.

— Ligo na segunda-feira, então.

— Não, não se preocupe. O senhor virá pessoalmente. Mandarei uns rapazes trazê-lo aqui mesmo.

— Até segunda-feira, doutor Fernández.

O ministro se levantou e lhe estendeu efusivamente a mão para se despedir:

— Filosofia. Alguma coisa eu lembro dos tempos de colégio. "Só sei que nada sei." Quem disse isso?

— Sócrates.

— E a outra questão, a do rio?

— Heráclito. "Não nos banhamos duas vezes no mesmo rio."

— Até logo, Bettini.

CINCO

Liguei para o primeiro número e ninguém atendeu. Aquele era o telefone que sempre seria atendido. Se não havia ninguém, era porque a pessoa que devia atender estava presa.

Então disquei o segundo número.

Atenderam e, de acordo com o silogismo "Baroco", não perguntei quem estava falando nem disse meu nome. Só contei que haviam prendido o professor Santos. O homem que estava do outro lado da linha disse que iria cuidar de tudo.

Perguntou se havia testemunhas.

Claro que havia testemunhas. Na classe somos trinta e cinco, e eu sou o trinta e um da lista. Por causa do "S". O "S" de Santos. "Estamos bem, então", disse o homem, e repetiu que cuidaria de tudo.

Sei muito bem o que significa cuidar de alguém nesse caso. O homem vai procurar os padres, e um dos padres falará com o cardeal, e o cardeal falará com o ministro do Interior, e o ministro do Interior vai dizer ao cardeal "não se preocupe, eu cuido disso". De acordo com o plano "Barroco", não tenho de fazer nada porque, se me meter com a polícia, podem acabar me agarrando, e aí sim é que meu velho fica louco.

Então na quarta-feira volto para casa e vejo os dois pratos para o almoço postos de manhã na mesa forrada com a toalha xadrez azul e branca. Ao lado do copo de papai há uma garrafa pequena de vinho tinto pela metade e diante de meus talheres está o suco de maçã.

Sento-me à mesa e não tenho vontade de ir à cozinha esquentar as batatas recheadas que sobraram do jantar. Fico ali meia hora sem saber o que fazer e sem pensar em nada. Cada vez que quero começar a pensar, pego o garfo e bato no prato vazio.

Finalmente vou para o quarto e me deito na cama, para ler a revista esportiva *Don Balón*. Meu time favorito, o Universidad de Chile, vai mal. É que, quando tem um bom jogador, ele é vendido para fora, para a Espanha ou para a Itália, e o time se desarticula.

Faz frio, e o aquecedor elétrico está desligado. Papai diz que consome muita energia e que seu salário não é suficiente para mantê-lo ligado durante todo o inverno. Cubro-me com o cobertor.

SEIS

— E então?

— Minha resposta é "não".

— Olhe que os honorários são altíssimos.

— Por pura curiosidade, de quanto são?

— O senhor estabelece. Não temos limites.

Bettini percorreu com a vista a parede atrás da mesa. Havia uma foto colorida do ditador e nenhum outro quadro que competisse com sua presença.

— Na verdade, é a melhor oferta que recebi na vida. Sinto uma raiva terrível em recusá-la, sobretudo porque continuo desempregado.

— Uma estrela como você e ainda desempregado!

— As agências de publicidade têm uma lista negra de profissionais emitida pelo seu ministério, em que se "recomenda" que não me deem trabalho.

— Meu Deus! E de que o senhor vive?

— Minha mulher trabalha e eu consigo arranjar alguns pesos compondo jingles sob pseudônimo.

O ministro ficou movimentando demoradamente o pescoço com uma espécie de indignação e surpresa solidária. Pôs um dedo sobre o lábio inferior e deu várias batidinhas.

— Bem, Bettini. O que me diz?

— Pensei muito. Obrigado, ministro, mas não.

— Por razões morais?

— Por razões morais, senhor.

Ficou em pé e puxou as bordas do paletó.

— Mas seu comportamento agora não tem nada de moral. Não é ético recusar uma oferta por discordâncias políticas. Imagine um médico se recusar a atender um doente porque ele é seu inimigo político. Diria que a conduta dele é ética?

— Se o doente fosse Pinochet, francamente, sim, senhor.

O ministro foi até a janela e abriu um pouco a cortina. A névoa cinzenta de Santiago estava ali, pontual e tenaz.

Dirigiu-se ao publicitário em tom cortante, dando-lhe as costas.

— Bettini, lamento não poder contar com seus serviços. Será uma campanha difícil. Obrigado por ter vindo.

Ficou diante da janela sem se virar. Mas Bettini permaneceu imóvel até que o ministro foi obrigado a se voltar.

— Algo mais?

— Sim, senhor. Eu vim confiante porque o senhor mandou me buscar. Gostaria muito de poder sair da mesma forma como entrei. Não sei se me entende...

O ministro abriu um sorriso e a ele juntou uma sonora gargalhada.

— Eu lhe garanto.

— Obrigado.

— Não há de quê.

Em direção à saída, seus passos sobre o tapete fofo afundavam-se e o retardavam. O alívio que sentiu ao segurar a maçaneta foi interrompido bruscamente.

— Bettini?

— Senhor?

— Se pelo menos quiser me dar uma grande alegria, não aceite dirigir a campanha do "Não".

— Está bem, senhor Fernández.

— Adeus, Bettini.

SETE

Tocam a campainha. De acordo com o plano "Baroco", não pode ser meu pai porque ele tem a chave de casa. Se forem os policiais, ou estão vindo me buscar ou querem revistar a escrivaninha de papai. Levanto-me de um salto e dou uma olhada no que está em cima da escrivaninha. É um documento dirigido a Guzmán, ministro da Educação, pedindo que nosso liceu, onde papai ensina e eu estudo, deixe de ser administrado por um oficial do Exército. Diz que a presença desse oficial no colégio mais antigo do país é uma ofensa à dignidade dos professores e fere a liberdade de expressão. O manifesto menciona, no cabeçalho, os "abaixo assinados", mas a única assinatura é a do professor Santos. Faço uma bola com o documento e o atiro pela janela.

Tocam a campainha com insistência e eu visto o casaco. Se vão me levar, é melhor eu ir agasalhado. Sou muito friorento. Durante os recreios, sempre procuro as paredes ensolaradas e encolho os ombros como se assim pudesse acumular calor. Quando abro a porta, a pessoa que ainda está com o dedo apertando a campainha é Patricia Bettini. Pula em cima de mim e me abraça. Diz:

— Coitadinho do meu amor.

Depois pergunta se almocei. Digo que estou cansado de batatas recheadas. Ela vai até a cozinha e prepara uma omelete com azeite, ovos, queijo e tomate. Divide-a pela metade. Eu ponho sal na minha porção e nela mergulho um pedaço de pão. Patricia não usa sal porque diz que engorda. É cheia de teorias sobre vida saudável, despreza o sal e a manteiga, e é fanática pelas peças de Ionesco. Atuou em *A cantora careca* fazendo o papel da senhora Smith. Bem, em *A cantora careca* todos se chamavam Smith. Mas agora, quando terminar o colégio, não vai estudar teatro, e sim arquitetura.

— Temos de achar seu pai — diz.

— Como?

— Perguntando em todos os lugares.

— Eu fiz o que tinha de fazer.

E conto tudo a respeito do silogismo "Baroco". Ela ouve com atenção e nega balançando a cabeça.

— Nesses casos quem pode fazer alguma coisa não são as pessoas boas, porque todas estão com medo. É preciso fazer com que os outros entrem em ação.

— Os maus?

— Ninguém é cem por cento bom nem totalmente mau.

— Meu pai acha que você não tem princípios. E que uma pessoa ética deve ter princípios.

— Tenho princípios. Meu princípio é que gosto do seu pai e gosto de você.

— Esses não são princípios, são sentimentos.

— Bem, então meus princípios são meus sentimentos.

Patricia Bettini não responde, tira da bolsa uma fita cassete e coloca-a para tocar no Sony. É Billy Joel e a melodia é de "Just The Way You Are". É em inglês e diz mais ou menos o seguinte:

Não vás mudar agora
para me agradar.
Não aches que por seres tão familiar
eu não goste de te olhar.
Eu não te abandonaria
em tempos difíceis.
Jamais o faria,
tu me deste bons momentos.
Fico também com os maus momentos
porque gosto de ti como és.

OITO

A esposa de Adrián Bettini não desligou então o pisca-alerta nem concordou em tirar o automóvel do espaço reservado às autoridades até que o marido voltasse do encontro com o ministro do Interior. Disse isso com altivez e excelente dicção ao capitão que, com maneiras exageradamente corteses, pediu-lhe que saísse e, enquanto ele consultava pelo celular o gabinete de Fernández, ela pôs a girar no indicador a aliança de casamento até sentir o metal queimar nas polpas dos dedos. Enquanto o fardado se afastava, viu Adrián se aproximar e ligou imediatamente o motor, como se precisasse fugir depois de assaltar um banco.

— Como foi? — perguntou ao contornar a praça Italia, olhando pelo retrovisor para ver se estavam sendo seguidos.

— Como vê, estou vivo.

— Insistiu para você trabalhar pelo "Sim a Pinochet"?

— Exatamente.

Embora o sinal não estivesse vermelho, Magdalena parou o carro, ignorando as buzinas dos automóveis que protestavam atrás.

— E?

Bettini sorriu. Procurou seu registro mais grave para imitar o vozeirão de Fernández.

— "Sua conduta não está sendo ética."

— De onde tirou a ideia de que você poderia trabalhar para eles?

— Algum computador lhes disse que eu seria o melhor publicitário do país.

— Claro que é.

— Apesar da unanimidade entre o computador e minha esposa, ninguém me dá trabalho. Quer que eu dirija?

As buzinas aumentavam, e Magdalena fez o carro andar com uma arrancada brusca.

— E o que você lhe disse, afinal?

— "Não, obrigado."

— Com boas maneiras?

— Da maneira mais cordial.

— E ele, o que disse?

— "Bettini, se pelo menos quiser me dar uma grande alegria, não aceite dirigir a campanha do 'Não'."

Desta vez foi Magdalena quem sustentou um sorriso eterno nos lábios.

— Quando anunciaram no rádio que haverá um plebiscito, dom Patricio ligou para lhe oferecer a direção da campanha do "Não".

— Meu Deus!

— Você tem de aceitar. Ficarei muito orgulhosa se aceitar.

— Magda, se eu aceitar, vou deixar de dar uma grande alegria ao ministro do Interior, e você sabe o que isso significa.

— Se você chefiar a campanha do "Não", sua própria visibilidade o protegerá. Não podem encenar um plebiscito democrático e matar o chefe da campanha da oposição.

Bettini esfregou as pálpebras com força. Tudo era tão contundentemente cotidiano e real, mas ele ainda tinha um resto de esperança de que fosse um pesadelo.

— Admito que seu argumento é bom. Mas, mesmo assim, há outra razão para não aceitar.

— Diga.

— Pinochet bombardeou o país com publicidade durante quinze anos e eu só terei quinze minutos de televisão. É como a batalha de Davi contra Golias.

— Adrián?

— O quê?

— Quem ganhou?

— Quem ganhou o quê?

— A batalha de Davi e Golias.

Bettini desabou no assento, cobrindo os ouvidos com as mãos. Fazia um ano que Magdalena adquirira o hábito de frear o carro cada vez que achava que estava dizendo alguma coisa importante. Ele não sabia agora o que o enlouquecia mais. Se suas palavras ou as buzinas.

NOVE

Agora é segunda-feira. O céu está carregado de nuvens cinzentas e negras, mas não chove. Santiago pesa no pescoço das pessoas, e todos andam depressa e com a cabeça baixa. Quase não consegui dormir essa noite e, agora, a caminho da escola, bocejo dez vezes por minuto. A primeira aula é de história, e a segunda, de filosofia.

De modo que poderei dormir debruçado na carteira. Quando chego à porta do colégio, volto a me lembrar de papai e me pergunto se está com seus cigarros fortes e se o deixam fumar. Vejo uma guimba jogada na calçada e a esmago com a sola do sapato.

Na hora da aula de filosofia entramos na sala sem fazer fila no corredor. Alguns companheiros batem no meu ombro e enrolo o cachecol azul no pescoço. Faz um frio do cão. Para evitar conversar com meu colega de banco, pego meu estojo e começo a fazer a ponta de um lápis com o apontador de metal.

Então entra o professor de filosofia.

Não é o senhor Santos. É um jovem de sobrancelhas espessas e nariz arrebitado que usa óculos redondos como os do John Lennon e um blazer azul lustroso. É muito magro e, como se quisesse demonstrar que apesar disso é um sujeito forte, deixa o diário de classe cair abruptamente na mesa. Depois o abre, pigarreia e começa a fazer a chamada.

Ao dizer cada nome e ouvir a palavra "Presente", levanta os olhos e faz um gesto de assentimento, como se já conhecesse os alunos. Quando chama "Santos" também fico em pé, mas ele não repete o gesto de assentimento; mantém o olhar fixo no diário de classe. Depois volta a olhar para o trinta e dois, Tironi, o trinta e três, Vásquez, o trinta e quatro, Wacquez, e o trinta e cinco, Zabaleta.

Pega um pedaço de giz no compartimento da lousa, atira-o no ar e o recolhe com a mão sem olhar. Esse gesto o faz parecer ainda mais jovem. Depois diz:

— Meu nome é Javier Valdivieso. Como o champanhe Valdivieso. Vi as anotações do professor Santos e sei que já estudaram os pré-socráticos e Platão. De maneira que hoje vamos começar com Aristóteles. Tomem nota: "Nenhuma das virtudes éticas ocorre em nós por natureza, visto que nenhuma coisa natural é modificada pelo hábito. Por exemplo, a pedra, que, por natureza, cai quando a soltamos. E não poderia se habituar a se movimentar para cima; mesmo que a atirássemos dez mil vezes para o alto, nas dez mil vezes acabaria vindo abaixo.

"Em compensação, as virtudes não ocorrem nem por natureza, nem contra a natureza, mas porque o homem tem aptidão natural para recebê-las e aperfeiçoá-las mediante o hábito. Assim, é praticando a justiça que nos tornamos justos, e nosso procedimento nos perigos e o hábito de sentir coragem ou de ter medo é o que torna uns covardes e outros corajosos.

"Na quarta-feira faremos uma prova sobre Platão e o Mito da Caverna", concluiu.

DEZ

Antes que ele pusesse a chave na fechadura, Magdalena abriu a porta pelo lado de dentro. Impôs-lhe um beijo enérgico na bochecha e fez um gesto com o pescoço, indicando a sala de estar.

O líder da oposição, dom Patricio, sorria para ele com uma careta que parecia cortada com a mesma tesoura de Jack Nicholson.

— Café, senador?

— Obrigado.

— Açúcar, senador?

— Está bom assim. E, por favor, não me chame de "senador". Desde que essas bestas fecharam o Parlamento só me restam as saudades desse título.

— E o que o trouxe aqui, dom Patricio?

— Uma coisa grande, que pode vir a ser grandiosa.

— Conte-me.

— Pinochet está prestes a permitir que a oposição tenha um espaço de quinze minutos na televisão para fazer campanha a favor do voto contra ele no plebiscito de cinco de outubro.

— É mesmo incrível.

— A eleição será dentro de trinta dias, e nosso programa deve começar na próxima semana.

— Não há tempo para nada.

Bettini apalpou o bolso da camisa e esteve a ponto de puxar um cigarro, mas de imediato achou ofensivo fumar diante de tão alta personalidade. Ficou com o maço nas mãos, acariciando o invólucro de celofane.

— Essa é a estratégia do ditador. Bater depressa, porque assim o inimigo não consegue reagir.

Para dar transcendência a suas palavras, ficou em pé.

— Amigo Bettini, em nome dos dezesseis partidos que se aliaram para votar contra Pinochet, venho lhe propor que chefie a campanha do "Não".

Adrián Bettini também ficou de pé e fez um gesto amável à filha e à esposa para que se retirassem. Leu nos lábios de Magdalena o que ela dizia por trás do sorriso: "*Anime-se.*"

Uma vez a sós com dom Patricio, disparou sem diplomacia:

— Qual é o valor dos honorários?

— Os honorários são... *ad honorem.*

— O que dizem as pesquisas?

— As nossas, que o "Não" tem possibilidades de ganhar.

— E as deles?

— Que o "Sim" vai ganhar.

— E o senhor, o que acha?

— Não sei. Mas posso lhe garantir que nossas pesquisas não foram maquiadas para nos deixar felizes. No Chile há descontentamento e raiva de Pinochet, e essa insatisfação é majoritária. Mas o problema é que o plebiscito será decidido por aqueles que hoje estão indecisos.

— Ainda há indecisos no Chile depois de quinze anos de terrorismo?

— Pinochet convenceu meio mundo de que, se ele perder, o Chile está fodido. Ele conta com o apoio das pessoas que não têm boas lembranças do governo socialista deposto.

— O senhor foi inimigo daquele regime socialista e foi um dos democratas cristãos que promoveram a desordem que encorajou o golpe militar.

— Não é hora de censuras. Agora o senhor e eu estamos no mesmo time: contra Pinochet!

Bettini deixou-se cair no sofá e, com ar sombrio, ficou olhando o café que ainda não provara. Dom Patricio, por sua vez, sentou-se comedidamente e virou o rosto, estudando-o com um gesto expectante.

— Alegra-me ouvi-lo. Mas vejo um grande problema que me impede de aceitar chefiar a campanha publicitária do "Não".

— Explique-se.

— Porque a frente que apoia o "Não" é composta de dezesseis partidos! É um conglomerado tão amplo que não é possível imaginar que tenha identidade. E a publicidade precisa definir com clareza o produto. Não é possível ter sucesso quando se é vago. São tantos os partidos por trás do "Não" que nem sequer os conheço. E o senhor?

— São dezesseis, mais os comunistas, que nos apoiam mas não fazem parte do bloco.

— Vamos ver... Enumere-os.

— Bem, somos nós, os democratas cristãos, os socialistas, os social-democratas, os liberais, os... Não posso dizer agora "*et cetera*"?

— E o senhor quer que eu tire um conceito publicitário claro dessa massa disparatada de tendências tão diferentes?

— Se não soubéssemos que é o melhor, não teríamos recorrido a você.

O publicitário se levantou, tomado por uma súbita comichão que o fez coçar o pescoço. Abriu a cortina e olhou para o cume nevado da cordilheira dos Andes.

— Que país engraçado é o Chile! Apesar de ser considerado o melhor publicitário, estou desempregado num país onde tudo é publicidade. Por ser bom publicitário, me ameaçam, me enfiam na prisão, me torturam, me jogam de volta na rua marcado a fogo. Quando me oferecem um trabalho que não posso aceitar, trata-se da melhor remuneração do mundo. Quando me oferecem uma campanha que deveria aceitar, a remuneração é *ad honorem*.

O senador foi até a janela e colocou sua mão fraterna no ombro de Bettini.

— Seu quadro pessoal combina muito bem com o quadro público. Uma ditadura feroz, que tomou o poder a tiros de canhão, bombardeios aéreos, torturas, prisão, terror e exílio, resolve se perpetuar no poder não pelas armas, mas com o requinte de submeter a continuidade do regime a um plebiscito. E, como coroamento da ironia, oferece aos opositores quinze minutos na televisão pela primeira vez em quinze anos de censura total, para convencerem o povo a votar contra o ditador.

— Vão se legitimar internacionalmente como uma democracia.

— E a única maneira de evitar isso é fazer o tiro sair pela culatra. Ou seja, que o senhor Bettini conduza o "Não" à vitória. O que me diz?

O publicitário fechou os olhos e esfregou com força as pálpebras como se quisesse apagar um pesadelo.

— Querido senador, não sou nem um pouco otimista em relação à vitória do "Não". Não acredito que este país envenenado ideologicamente e aterrorizado se atreva a votar contra o "Sim", e não tenho a mais remota ideia em minha cabeça de qual poderia ser o slogan da campanha.

Dom Patricio lhe deu palmadinhas afetuosas mais uma vez e, erguendo as bastas sobrancelhas, sorriu.

— Parece um capital valioso para começar. Aceita?

Por cima do ombro de dom Patricio, Bettini viu, estupefato, que a esposa levantava o polegar em sinal de aprovação, introduzindo-o pela porta entreaberta.

— Senador, aqui está a tradução chilena da palavra japonesa haraquiri: sim!

O político abraçou-o e, pondo o chapéu, saiu correndo da casa, temendo talvez que ele se arrependesse.

O publicitário viu, da janela, o senador entrar no carro, e também pôde observar que, tão logo arrancou, outro carro partiu atrás dele.

Decidiu não se alarmar. Enquanto não se mostrasse publicamente com sua campanha, não daria desgosto ao ministro do Interior. Quanto à segurança de dom Patricio, pelo menos até o plebiscito ele deveria estar a salvo. Se Pinochet estava querendo agora se legitimar como democrata, não poderia mandar matar o líder da oposição. O argumento de Magdalena era bom. Mas, para um país racional, e não para um onde impere a arbitrariedade.

Agora sim se permitiu acender um cigarro e exalou a primeira baforada sentado diante do piano. Não lhe ocorreu uma canção para promover o "Não", mas não conseguiu evitar que seus dedos tocassem as teclas num irônico ritmo circense. Como o bom David Garrick, rindo para não chorar, improvisou umas rimas:

Sou o Super-Homem da publicidade.
Um dia estou aqui, outro dia estou acolá.
À noite vendo cárcere; pela manhã, liberdade.
Hoje morro de rir, amanhã me matarão.

Sou o Super-Homem da publicidade.
Apanho porque não chove
e apanho se faço chover de verdade.
Todos me surram embora digam que me
amam.

Magdalena entrou no estúdio e apoiou-se na cauda do piano.

— E?

Adrián limpou as cinzas que haviam caído na lapela e, aspirando profundamente o cigarro, fechou a tampa preta.

— Davi e Golias — disse.

ONZE

Ao sair do colégio, fico na esquina sem vontade de voltar para casa. Quando papai não está, sou muito pouco prendado. Não lavo os pratos do jantar, e a louça suja se acumula na cozinha.

Repasso na memória o número do telefone do homem que ficou de falar com o padre. Talvez já tenha informações. Mas não devo ligar de casa. Fico esperando que desocupem o telefone público na frente do ponto de ônibus. Esfrego uma moeda de cem pesos na palma da mão até que o metal se aqueça.

Estou fazendo isso quando o professor Valdivieso se aproxima.

— Um café, Santos?

— Por quê?

— Para aplacar o frio.

Andamos até a confeitaria Indianápolis e nos apoiamos no balcão, espiando as nádegas da balconista que está usando uma minissaia dois números menor do que lhe cabe. Quando trazem o café fumegante, o professor põe as mãos na xícara para aquecê-las e eu despejo açúcar numa quantidade que Patricia Bettini reprovaria.

— Santos — diz ele então —, esta não é uma situação cômoda para mim. Não é culpa minha se justamente você caiu comigo na classe na qual seu pai dava aulas.

— Também não é culpa do meu pai.

— Aceitei o posto não para complicar a vida de seu pai, mas porque a vida precisa seguir em frente. Nossas crianças precisam ter escola, aconteça o que acontecer.

— Uma escola *ética* — digo.

— Não me interessa saber que ideias políticas seu pai tinha.

— Bom, nada muito especial. A ideia fundamental dele é lutar contra Pinochet.

— Está vendo? Não é possível seu pai misturar uma situação política como a vivida pelo país com a filosofia de Platão, que viveu há mais de dois mil anos.

— Não sei do que o senhor está falando, professor Valdivieso.

Ele toma um gole de café, a espuma de leite suja-lhe o buço, e ele se limpa com a manga. Vejo que o telefone público da confeitaria acaba de ficar desocupado e aperto a moeda dentro do bolso.

Ele tira do paletó um papel dobrado e o abre sobre o metal do balcão. É um texto manuscrito. Lê em voz alta, mas aproximando-se de mim em tom confidencial:

— "Assim, pode-se dizer que nós, chilenos, somos na ditadura de Pinochet como os prisioneiros da caverna de Platão. Olhamos só as sombras da realidade, enganados por uma televisão aviltada, enquanto os homens iluminados são trancados em calabouços escuros."

— De onde tirou isso, mestre?

— São anotações de um de seus colegas de classe, Santos. O rapaz entregou-as ao diretor.

Giro com tanta força a colherzinha no café que o líquido transborda para o pires. Atrás da caixa registradora há uma pequena estante com cigarros de todas as marcas. Ali está também a que meu pai fuma.

Se pelo menos soubesse onde ele está, eu lhe levaria um maço.

— Espero, Santos, que não tenha raiva de mim por ter ocupado o posto de seu pai.

— Não, de modo nenhum, senhor Valdivieso.

— Você sabe que este é o melhor colégio do Chile e que, para um professor jovem, ingressar nele é motivo de orgulho e um marco em sua carreira profissional.

— Não se preocupe.

— É que eu preferiria ter ingressado em outras condições. Por exemplo, passando num concurso público, e não designado pelo dedo do senhor diretor.

Levo a xícara à boca e sopro o líquido. Ainda está muito quente. Coloco-a no balcão e devolvo à xícara o café derramado no pires.

— Se o senhor não tivesse aceitado — digo —, qualquer outro teria ficado com o trabalho.

— Aí está o problema, Santos. Antes de mim, ofereceram o posto ao professor Hughes e à bacharela Ramírez. Por que está sorrindo, rapaz?

— Achei muito boa sua aula sobre Aristóteles, professor Valdivieso. Meu pai é um grande admirador da *Ética a Nicômaco*. Por isso me chama de "Nico". "Nicômaco" seria um exagero.

O homem tira os óculos de John Lennon e esfrega as pálpebras.

— Com certeza — diz. — Tentarei compensar de alguma maneira a dor que lhe causo.

— Não, mestre. Por favor, não se preocupe. Eu estou bem. *Tô de boa*.

Mas quando, enfim, telefono novamente, não fico bem, nem *de boa*.

Os padres não sabem em que calabouço o professor Santos foi enfiado.

DOZE

À tarde, Adrián Bettini foi parar no centro de Santiago. Naquela confusão que fundia bancários, comerciários, executivos de bancos, secretárias ultramaquiadas e minissaias curtas que provocavam olhares longos nos homens, ele acreditava sentir a verdade de uma comunidade destruída pela violência.

Do centro, cada um voltava para seu bairro, rico, de classe média, ou para alguma comunidade de construções precárias. No contato físico proporcionado pelo centro, dissolvia-se o país profundamente dividido. Não haveria outro entretenimento para todos eles à noite, só ver televisão. Nela, se o ditador não mudasse de ideia, dentro em pouco se veria seu programa de quinze minutos convocando aquela massa rota, envolta em casacos puídos e echarpes esgarçadas, a votar contra Pinochet. O silêncio com que tomavam seus *espressos* no Café Haití e o olhar perdido com que roçavam os quadris das garçonetes eram um bom indício da apatia.

Na primeira página do jornal *La Segunda*, destacava-se a manchete: "Plebiscito em 5 de outubro." Debaixo das letras verdes com o logotipo do jornal, as letras vermelhas ressaltavam. Mas ninguém comprava o jornal. Só ele, que se deteve em um subtítulo realçado em negrito: "Autorizada campanha do 'Não' na TV."

Antigamente costumava encontrar amigos do meio publicitário naquele café. Ou jornalistas. Agora a maioria havia abandonado o país, e os agradáveis interlocutores de outros tempos só conversavam sobre futebol ou os vaivéns da taxa de câmbio. Eles seriam alguns dos destinatários de sua campanha. Mais que inescrutável, o rosto deles parecia talhado na anonimidade. Não era medo, mas a simples vida cotidiana exaurida de esperanças. Tomavam café num ritual lento só para adiar a volta ao escritório, onde enfrentariam as telas dos computadores cheias de números e produtos alheios. Isso. Eram alheios. Sua própria vida já não lhes dizia respeito.

Voltou para casa muito tarde e na mesa do escritório encontrou uma mensagem de Magdalena: "Esquente o ensopado no micro-ondas", uma garrafa de vinho tinto sem abrir e um pão meio duro. Serviu-se de uma taça de vinho e entrou sem bater no quarto de Patricia.

Na penumbra, enxergou a filha dormindo com o braço em volta do travesseiro. Acendeu a luz tênue da mesa de cabeceira e ficou um minuto contemplando-a. Quem poderia ensinar-lhe como fazer a filha feliz? Lamentou os anos extremamente difíceis em que, tentando sobreviver sem emprego, tivera de aceitar serviços ocasionais, que não lhe permitiam dar tempo nem dinheiro a sua pequena. Só com penosos empréstimos pagava as mensalidades da Scuola Italiana.

Falou-lhe em voz baixa:

— Patricia, acorde.

A menina se sentou abruptamente na cama.

— Aconteceu alguma coisa, papai?

— Perdão, filha, mas tenho que perguntar uma coisa importante.

— Diga.

— Como você vai votar no plebiscito?

— E você me acorda por causa dessa besteira, papai?

— Por favor, responda. O que vai votar no plebiscito?

— Não!

— Que alívio! Pelo menos uma pessoa vai votar "Não".

— Você não me entendeu, papai. Não estou dizendo que vou votar "Não". O que acontece é que não vou votar.

Bettini engoliu em seco. Desejou ter um copo de água à mão.

— Por que não?

— Já discutimos isso mil vezes no colégio. Agora quero dormir.

— É muito importante que me diga agora.

— Por quê?

— Porque acabei de aceitar trabalhar na campanha publicitária do "Não".

— Ficou louco, papai?

— Nisso estamos de acordo. Agora me diga por que não vai votar. Preciso dessa informação profissionalmente.

— Porque Pinochet vai cometer uma fraude. Nenhum ditador organiza um plebiscito para perder. Porque os políticos que estão por trás do "Não" são um balaio de gatos sem um conceito claro de como conduzir o país na hipótese de ganharem. Porque estou convencida de que este país não tem saída. Não acredito que colocando papeizinhos numa urna se derrube um ditador que tomou o poder dando tiros.

— O que os outros estudantes acham?

— Os das classes inferiores, que ainda não têm dezoito anos, não votam. Na minha sala, pensam como eu.

— Todos pensam a mesma coisa?

— Não. Há os maluquinhos de sempre que acham que tem sentido votar "Não".

— Como eu.

— Como você, papai.

— O que vai fazer, então?

— Como o que vou fazer? O que vou fazer para o quê?

— Para que a ditadura termine. Para acabar com Pinochet.

— Nada.

— Patricia!

— Por que se escandaliza, papai? Em vez de perder tempo fazendo politicagem, vou tirar boas notas, pedir uma bolsa de estudos e depois ir para bem longe deste país. Que Pinochet e seus lambe-botas fiquem com ele.

Bettini aproximou o rosto da luz da mesinha e Patricia pôde ver sua expressão atônita.

— Então você não tem ânimo para lutar?

— Por quê? Para que, papai? Veja o seu próprio caso. Está desempregado há anos. Todo mundo diz maravilhas de você, mas do jeito como se dizem maravilhas de uma pessoa que já está morta. De Napoleão, por exemplo! Os tempos mudaram, papai. As regras do jogo são outras. Sua atitude moralista me parece muito simpática, mas a considero totalmente ingênua.

A garota levantou uma das mãos e acariciou a face do homem.

— Compreendo.

— Estou magoando você com o que estou dizendo, papai?

— Não, não.

Bettini se afastou lentamente da beirada da cama.

O teto parecia ter desabado sobre seus ombros.

— Não fique triste, papai. Eu te amo.

— Eu sei, meu amor.

— E às pessoas que amamos temos de dizer a verdade.

— Concordo.

Quando Bettini estava prestes a abrir a porta e sair, a garota pulou da cama e o abraçou com muita força.

— Papai?

— Patricia?

— Se é você que dirige a campanha do "Não", então vou votar "Não".

TREZE

Patricia Bettini é meio hippie, mas não quer ir para cama comigo antes de terminarmos o secundário. Ela vê o fim do colégio como uma libertação. Imagina que todas as coisas boas da vida chegarão juntas: universidade, sexo e, logicamente, o fim de Pinochet.

É como quando os católicos fazem uma promessa. Enfiou na cabeça que, se aguentar os próximos seis meses, terá excelentes notas na prova de aptidão, entrará na Faculdade de Arquitetura e Pinochet será derrubado.

Ficamos de nos ver na terça-feira, e ela não apareceu. Na tarde desse mesmo dia telefono para o tal número, e a voz me diz: "Sinto muito, rapaz, mas não temos notícias de seu pai." Na quarta-feira, como na semana anterior, amanhece chuviscando. Os ônibus passam pela Alameda em direção ao Bairro Alto, levando os operários, as empregadas domésticas e os jardineiros que vão trabalhar nas casas dos ricos. Os canos de escapamento levam a fumaça da combustão para cima e se mesclam com o cinzento do ar estagnado.

Ninguém parece estar fazendo nada para mudar as coisas. Assim como eu, todos estão paralisados.

Na verdade, obedeço a meu pai. Ele é professor de filosofia e, se disse que estamos no silogismo "Baroco", acredito. Tenho um breve sonho enquanto examino a calçada da porta do colégio tentando ver se encontro uma guimba acesa para apagar. Sonho acordado que entro na sala, que chego ligeiramente atrasado, que o professor Santos está fazendo a chamada e que, quando pronuncia meu sobrenome, respondo "Presente".

Estou um pouco atrasado, mas ainda consigo receber a folha com as perguntas, que o professor Valdivieso está distribuindo. Quer que, partindo do Mito da Caverna de Platão, expliquemos como é possível elevar-se do mundo das sombras à claridade das ideias.

Meus colegas trabalham em silêncio e enchem rapidamente a primeira página.

Ouço a cada vez o crepitar do papel quando alguém vira a folha da prova para escrever no verso. Conheço o Mito da Caverna de cor e salteado e li com papai algumas vezes os diálogos de Platão; ele se fazendo de Sócrates e eu, de seu interlocutor, mas, em vez de fazer a prova, fico pensando em Patricia Bettini, na capa de chuva que papai pegou na cadeira no dia em que o levaram e na letra da canção de Billy Joel, "Just The Way You Are".

Quando faltam cinco minutos para a aula terminar, acho que consegui lembrar toda a primeira estrofe da canção de Billy Joel e a escrevo em espanhol na folha da prova enquanto vou cantando em inglês:

Não vás mudar agora
para me agradar.
Não aches que por seres tão familiar
eu não goste de te olhar,

Eu não te abandonaria
em tempos difíceis.
Jamais o faria,
tu me deste bons momentos.

Fico também com os maus momentos.
porque gosto de ti como és.

Não respondo absolutamente nada a respeito do Mito da Caverna.

— E então, Santos? — pergunta-me Valdivieso quando lhe entrego a prova.

— Estamos aí — digo, e saio para o pátio entre os outros colegas.

QUATORZE

Bettini saiu do café decidido a comunicar a Olwyn que iria desistir. Não importava para onde olhasse, a soma dos fatores chegava sempre ao mesmo produto: desânimo da população, hábito à ditadura, desesperança confundida com tédio, atos heroicos e isolados de resistência, pulverizados pelo regime, nenhuma ideia brilhante para começar a campanha, e a voz do doutor Fernández ecoando em sua cabeça como uma badalada estridente: "Se pelo menos quiser me dar uma grande alegria, não aceite dirigir a campanha do 'Não'."

Ao entrar no gabinete de Olwyn, Bettini resolveu evitar a formalidade de um cumprimento para não se arrepender.

— Não me ocorre nada. — Foi a única coisa que disse.

— Como assim, homem?

— Este é um país arrasado animicamente por Pinochet. As pessoas estão resignadas. Desisto.

— Você tem de criar uma campanha que lhes dê ânimo.

— Ânimo! Estão vendo tudo cinzento.

— Crie uma estratégia que os faça ver um futuro de outra cor. Não posso perder tempo agora com você. Preciso dar o maior duro para manter a coesão dos dezesseis partidos que nos apoiam, conseguir que o bolo não se esmigalhe, e você me vem com desalentos metafísicos.

Bettini deixou-se cair abatido no velho sofá de couro.

— Estou me sentindo muito sozinho.

— Mas por quê? O povo chileno e dezesseis partidos de oposição estão a seu lado!

— Preferiria que o partido de oposição fosse um só, com uma identidade clara, e não esse balaio de gatos dos dezesseis.

Olwyn deu um soco na mesa. Parecia ter perdido a paciência.

— "Balaio de gatos"! De onde tirou essa expressão, Bettini?

— De minha filha, senhor. De minha filha.

— De sua própria filha?

— De minha própria filha, senhor.

— Sábado, o mais tardar, preciso do símbolo do "Não", da canção do "Não", do cartaz do "Não".

— Sim, senhor.

— O que vai fazer agora?

— Tomar um uísque.

— Mas você é um gênio! Não lhe ocorreu nadica de nada?

— Besteiras frouxas. Coisas do tipo "Democracia ou Pinochet".

— É de fazer bocejar.

— Em compensação, tive uma ideia excelente para a campanha a favor de Pinochet: "Eu ou o caos." Tem toda a exatidão que nós não conseguimos. Além do mais, as pessoas não querem liberdade. Querem consumir. Olham abobalhadas as propagandas comerciais e se endividam para comprar de tudo. Pinochet lhes diz que, se perder, as prateleiras ficarão vazias.

Olwyn fixou o olhar nele enquanto esfregava as mãos como um padre.

— Você se sentiria mais à vontade trabalhando para o "Sim"?

QUINZE

Foram convocados a ir ao estúdio da produtora de cinema Filmo Centro os voluntários que quisessem dar depoimento sobre como estavam sofrendo com a ditadura: mães de filhos desaparecidos, mulheres violentadas, adolescentes torturados, operários com o lombo moído a cacetadas, velhos surdos, desempregados sem teto, estudantes expulsos da universidade, pianistas com os pulsos fraturados, mamilos mordidos por cães, escriturários de olhar perdido, crianças famintas. Uma mulher de cinquenta anos se aproximou de Bettini acompanhada por um violonista.

— Quero que você use uma *cueca** de minha autoria em seu programa.

---

* Gênero de música folclórica do oeste da América Sul. (*N. do T.*)

— Uma *cueca* cai bem — disse o publicitário. — É uma coisa alegre.

— Este jovem é meu filho Daniel. É violonista.

— Olá, Daniel.

— É uma *cueca* dedicada a meu marido. Preso e desaparecido.

— Com quem vai dançá-la?

— Com ele, cavalheiro. Com meu marido.

Tirou do peito um lenço branco e agitou-o levemente entre o indicador e o polegar da mão direita. O rapaz tocou os acordes introdutórios e com voz aguda introduziu o primeiro verso: "Minha vida um tempo, eu fui feliz..."

O fato de a mulher reagir com dignidade sem ênfase aos passos do desaparecido tornava a dança ainda mais demolidora. Bettini pediu desculpas com um gesto vago e foi até o banheiro.

Deixou a água correr sobre a nuca sem se importar se molhava a camisa. E esfregou o rosto sob o jato de água como se quisesse pulverizar a palidez.

Dessa maneira, suas lágrimas também se dissolveram na pia.

DEZESSEIS

Depois do primeiro uísque, veio o segundo e o terceiro, ele suavizou adicionando pedras de gelo até que o copo transbordasse. De gole em gole, foi distraindo os dedos sobre as teclas do piano em arpejos que mais dispersavam sua atenção do que a concentravam. Sentia tal aversão à apatia política dos chilenos que se perguntou se o suicídio do presidente Allende tivera sentido em país tão pusilânime. O que restava da garra dos anos 1970? Toneladas de ceticismo, lastro cinzento que impedia o voo.

Na televisão só havia programas de concursos, musas requentadas em horário nobre, boleros de lantejoulas afeminadas, notícias com vozes empoladas sobre o novo asfalto de uma rua de Ñuñoa.

E publicidade.

Vertigem de propaganda, apartamentos, sutiãs, jeans, lápis labiais, leite achocolatado, perfumes, créditos bancários, colchões, supermercados, óculos, vinhos em caixas de papelão, passagens para Cancún, universidades privadas. Os *spots* publicitários eram bem melhores que as telenovelas e os cantores da moda.

Não achava estranho: todos os seus amigos cineastas, hoje desempregados, faziam bico com nome falso em agências de publicidade. As pessoas estavam habituadas a essa linguagem. Era a que conviria para seu produto "Não". Apresentá-lo apetecível como um sorvete de morango, como um champagne francês, como umas férias em Punta del Este, como um terno Falabella, como um frango crocante no espeto giratório.

Disse isso a Magdalena quando se sentaram para jantar. Enquanto o ouvia, a mulher arrancou migalhas do pão e começou a fazer bolinhas com elas. Até que não conteve mais o silêncio e, limpando a toalha com um tapa, enfrentou o marido.

— O "Não" à ditadura não é um produto. É uma profunda decisão ética e política. Você tem de convencer as pessoas de que é a dignidade delas que está em jogo. Você sempre conservou a ética. Não vai se prostituir agora.

Bettini também elevou a voz.

— Sei que o "Não" não é um produto. Mas, para convencer as pessoas, Pinochet fez publicidade na televisão durante quinze anos. A mim só dão quinze minutos para seduzir os "indecisos" e fazê-los votar contra ele. Tenho de incentivar os chilenos a comprar algo que hoje não há no mercado.

— O quê?

— Alegria! Vamos partir de um desenho, de uma ideia simples que seja o cartaz da campanha.

Abriu uma cartolina branca em cima da toalha e prendeu suas bordas com facas.

— Vamos por partes — sugeriu a mulher. — O que essa ideia simples deve expressar?

— Deve ser um desenho que, no primeiro golpe de vista, diga que há dezesseis partidos que diferem essencialmente entre si, mas que se uniram para triunfar.

Magdalena fez um traço na cartolina com uma caneta hidrográfica preta.

— Uma mão. O que acha? São cinco dedos, mas uma única mão. Dá a ideia de unidade e diversidade.

— Hum... Faltam dedos nessa mão.

A mulher trabalhou sobre a imagem inicial.

— Então duas mãos que se estreitam. Dez dedos!

— Todos os dedos são da mesma cor.

Magdalena derramou nanquim na cartolina.

— A mão branca e a mão preta.

— Quem vai olhar para ela? Este é o único país da América Latina onde não há negros.

— Olhe isto: a mão apertando uma aquarela.

— Não é ruim. Mas a mão apertando é um punho. Os socialistas e os comunistas podem gostar de punho, mas os democratas cristãos e os liberais, não.

— Vamos esquecer as mãos. Qual é o texto que acompanha a imagem?

— "Não."

— Só isso?

— O "Não" é mais forte só do que mal acompanhado. Todos precisam ter uma razão para votar "Não", e o cartaz tem de ser suficientemente amplo.

— Está faltando conteúdo, Adrián. "Não mais tortura", "Não mais miséria", "Não mais desaparecidos", "Não mais exílio".

— *Nããããoooo* me cante o mesmo tango triste que temos dançado todos esses anos. O novo tem de ser a alegria. A promessa de algo diferente.

— Frívolo e banal.

— Minha clavícula quebrada lhe agradece esses elogios.

— Você não tem princípios.

— Mas tenho fins. E meu fim é que preciso fazer o "Não" vencer, e com sua ajuda patética, militante e melancólica não vou muito longe.

— Mas o que é que lhe falta?

— Alegria. Luz no fim do túnel.

— Como fazer algo positivo de uma palavra negativa? Para os do "Sim" é fácil. "Sim à vida!", "Sim ao Chile!".

— Preciso de uma pausa. Preciso de uma trégua. Preciso de um milagre.

A campainha soou melodiosa como sineta de trenó natalino. Ambos se viraram ao mesmo tempo para o relógio na parede e depois ficaram se olhando com a pergunta pendurada na mandíbula.

Quando a campainha voltou a soar, Magdalena pôs o cabelo para trás, prendeu-o com um elástico e foi em direção à porta.

— Eu abro — disse.

DEZESSETE

Os meninos do movimento Pro FESES,* que querem unir os estudantes secundaristas de toda Santiago, acham que o fato de papai estar desaparecido é um excelente pretexto para ocupar o colégio e me convidam a participar de uma reunião na biblioteca.

Eu sigo as instruções do velho e digo que não me meto em política. De acordo com Patricia Bettini, isso não é meter-se em política, porque se trata do pai de alguém, do professor de alguém.

"Mas não o seu", digo-lhe, enrolando-me no cachecol.

Embora logo me arrependa, pois anos antes agarraram o pai dela e lhe quebraram a clavícula.

---

* Federação dos Estudantes Secundaristas de Santiago. (*N. do E.*)

Os princípios do movimento secundarista eu sei de cor: desestabilizar a ditadura provocando desordens, para criar a sensação de que o país é ingovernável, e unir todos os que estão contra Pinochet, tenham ou não partido político, mesmo que só queiram confusão, *just for the fun of it*.

Aqui todos estamos com a mania de dizer algumas frases em inglês. Nós as aprendemos nas canções ou com nosso professor Rafael Paredes, que mês que vem parte para Portugal por ter sido contratado para fazer um filme. Meu velho acha que é um momento muito oportuno para ele ir a Portugal, à Grécia ou a qualquer lugar, porque sabe com certeza que a polícia anda atrás dele e de toda a sua família.

Meu velho e o professor de inglês são amigos íntimos. Só que têm uma discussão interminável. Não chegam a um acordo sobre quem é o maior homem da história. Meu pai vota em Aristóteles — em quem tudo nasce e termina, afirma —, e Paredes, em Shakespeare. No fundinho do meu coração estou mais próximo do professor Paredes, mas não posso entrar em confronto com papai.

Claro que os dois são mordazes.

Meu velho é mais discreto. Mais sossegado. Paredes projeta sua presença como cantor de ópera.

Se o professor de inglês entrasse na clandestinidade, não demorariam a agarrá-lo, pois tem quase dois metros de altura e um vozeirão que retumba nas velhas paredes do colégio quando ele entra na sala. De manhã dá aulas e à noite atua num grupo de teatro. Sempre lhe dão papéis de rei, comendador ou ministro, porque é de fato uma figura impressionante. Quando chega, atira o livreco de classe na mesa e recita frases de Shakespeare que devemos memorizar e analisar numa folha que levaremos no dia seguinte.

A última foi: "*Stars, hide your fires! Let not light see my black and deep desires.*" Temos de espremer os miolos para descobrir o que Shakespeare quis dizer com isso. O que acontece é que Macbeth está tentado a ser rei, e o caminho mais direto é assassinar o próprio rei. Ao modo de Pinochet, digamos. Mas custa-lhe um pouco decidir. Embora a patroa jogue lenha na fogueira. A mulher é ainda mais malvada que Macbeth.

O professor Paredes chama William Shakespeare de "tio Bill".

Na verdade, essa será a última frase que entrará na prova de inglês depois da estreia de *A caverna de Salamanca*, e ele promete que vai corrigi-la "com benevolência" se atuarmos bem.

Depois da prova, vai se despedir até outubro, se é que vão deixá-lo voltar ao Chile, já que o filme que vai fazer na Europa é mordaz.

Filme mordaz é coisa de que milico não gosta.

O clima continua ruim. O chuvisco impregna nosso rosto, e a fumaça dos automóveis nos faz tossir. Na esquina, nos protegemos debaixo do abrigo do ponto de ônibus, fumando um cigarro e com pouca vontade de ir logo para casa.

Ao nosso lado está um sujeito de cabelo comprido e capa de chuva azul, que chama nossa atenção quando olha na direção contrária à da chegada dos ônibus. De repente tira do bolso um monte de folhas e entrega uma a cada um do grupo. Depois sobe no primeiro micro-ônibus que passa e, no estribo, pisca para a gente.

O panfleto azul se intitula "Ação" e contém instruções para a ocupação do liceu em protesto contra a demissão de professores. Eu acho que ficamos todos com vergonha de jogar o papel na calçada e acabamos por enfiá-lo na mochila.

DEZOITO

O homenzinho que tocava a campainha da casa com o alvoroço de um maquinista de trem tinha uma cabeleira hirsuta que o elevava dez centímetros acima da testa, e um par de fundos de garrafa emoldurava as lentes de seus óculos. O bigode caí desordenadamente sobre seus lábios, e parecia que nenhum fio rimava com outro. Sua roupa não ficava atrás: um terno preto lustrado pelos anos cintilava aqui e ali, contrastando com algumas manchas de vinho ou ketchup, coisa que Magdalena Bettini não soube definir à primeira vista.

— Senhor? — tentou inquiri-lo a mulher, diante do aspecto surpreendente do sujeito.

— Aqui é a casa de Adrián Bettini?

— De fato.

— Do grande publicitário Adrián Bettini?

— Isso é o que alguns dizem.

O homenzinho se inclinou fazendo uma reverência antiquada.

— Preciso falar com ele.

— De que se trata? — perguntou Magdalena, tentando fechar um pouco mais a porta para impedir que o homenzinho, empinado na ponta dos pés, visse seu marido no fundo da sala.

— É confidencial.

— Sou a esposa dele. Pode falar comigo com toda a confiança.

— Confidencial, senhora, confidencial.

— Mas se pudesse pelo menos me dizer da parte de quem o senhor vem...

O homem pigarreou, limpando ao mesmo tempo a testa com um lenço cinza. Ou com um lenço que algum dia tinha sido branco. Outra coisa que Magdalena teve dificuldade de discernir.

— Venho da parte do jovem Nico Santos. Minha contrassenha é “Nicômaco”. Para exagerar nos detalhes: a ética de Aristóteles. Posso entrar agora?

A mulher aumentou a abertura da porta, e o homenzinho introduziu-se com a velocidade de um lagarto. Em segundos estava diante de Bettini, que respondeu com uma sóbria inclinação de cabeça à versalhesca reverência do visitante.

— *Mister Bettini, I guess?* — disse, com um sorriso que elevou até o nariz a basta bigodeira.

— *Yes!* — exclamou o publicitário.

— Muito prazer em conhecê-lo, cavalheiro. Meu nome é Raúl Alarcón, mas meus amigos me chamam de *Florcita Motuda*, florzinha cacheada. Tenho um metro e cinquenta e oito centímetros de altura e sou poeta e compositor.

— Em posso servi-lo?

— Quem me mandou foi Nico Santos. Nicômaco, sogro.

— Diga.

— Nico me disse ontem no colégio que o senhor vai encarar a publicidade do "Não" com alegria. Que o senhor vai nos dizer que, quando o "Não" ganhar, a alegria voltará a este país.

Bettini trocou um olhar com a esposa e viu que esta colocava um dedo na têmpora indicando que o inesperado hóspede tinha um parafuso a menos.

— Essa é minha intenção. Mas até o momento não fui muito longe. Nem sequer tenho a canção para a campanha.

— Foi por isso que Nico, Nicômaco, me mandou procurá-lo. Eu tenho a canção do "Não" de que o senhor precisa para a campanha.

— É uma composição sua?

— Oh, não. Foi composta por Johann Strauss. Mas a letra é minha.

— Cante-a, por favor.

Alarcón balançou a cabeça em várias direções como se estivesse bicando a sala com os olhos.

— *Habemus* piano?

— *Habemus* — respondeu Bettini, sentindo que seu rosto se tingia de súbita palidez.

Levou-o ao estúdio, levantou a tampa do Baby Grand e indicou ao visitante o banquinho giratório. Antes de se sentar, o homenzinho limpou o banquinho com a manga do paletó. Fez os dedos desfilar por algumas escalas e aspirou profundamente antes de golpear novamente as teclas com um acorde estrondoso.

O minuto seguinte foi uma briosa interpretação do "Danúbio azul". Depois ele parou abruptamente e cravou um olhar desafiador no dono da casa.

— Sacou a melodia?

Apesar da crescente palidez, Bettini não pôde deixar de sorrir diante do coloquial "sacou", em princípio impróprio para aquele personagem que lhe parecia arrancado de uma página da literatura picaresca do Século de Ouro espanhol.

— Saquei — respondeu Bettini, cauteloso. — Trata-se do "Danúbio azul" de Strauss.

— O senhor acredita que exista neste país algum indivíduo ou indivídua que não seja capaz de cantar esta canção?

— Francamente duvido. É uma melodia muito *grudenta*.

Alarcón bateu alegremente nas coxas.

— *Grudenta*. De fato, uma melodia muito *grudenta*.

— Agora estou curioso para saber aonde nos leva tudo isso.

Os olhos do homenzinho faiscaram.

— Agora o manezinho a fim de pegar a visão?

Se Bettini não havia acreditado nos próprios olhos ao ver Florcita Motuda em seus trajes intemporais, agora não acreditou nos próprios ouvidos depois de ouvir esta verdadeira antologia de gírias. Mas a curiosidade o incitava mais que o espanto.

— Estou a fim, Alarcón. Estou super a fim.

— Então se liga. — Pigarreou e umedeceu os lábios. — Não repare na voz, cavalheiro.

— Adiante.

Depois de uma breve e florida introdução ao piano, Raúl Alarcón, aliás, o *Baixinho*, também chamado pelos amigos de *Florcita Motuda*, cantou a seguinte letra, acompanhado pelo imortal "Danúbio azul" de Strauss:

Começa-se a ouvir o "Não", o "Não"
em todo o país, o "Não, o não",
cantam os de lá, "Não, não",
também os de cá, "Não, não",
canta a mulher, "Não, não",
e a juventude, "Não, não",
o "Não" significa liberdade,
todos juntos pelo "Não".

Pela vida: "Não."
Pela fome: "Não."
E ao exílio: "Não."
À violência: "Não."

Ao suicídio: "Não."
Todos juntos dançaremos
este "Não".

Não, não.
Não, não.
Não, nãooo.
Não, não, não.
Não, não.
Não, nãooo.
Não, não.
Não, não.
Não, não.
Todos juntos dançaremos o "Não".

Não, não.
Não, não...

— Permite que o interrompa um momento, senhor Alarcón?

— Claro, senhor Bettini.

— Tenho de fazer uma ligação exatamente agora.

— Compreendo.

— Volto já.

Bettini discou os números do telefone de Nico Santos como se o estivesse apunhalando.

— Nico?

— Dom Adrián!

— Alarcón está aqui em casa.

— O Baixinho?

Bettini olhou o personagem, que lhe fez um gesto engraçado com a mão.

— O Baixinho, sim.

— E o que o senhor acha?

— Acho que, se você me mandar outro louco como este, não o deixo entrar mais em minha casa. Além disso, proibirei Patricia de voltar a vê-lo.

— Mas o que está acontecendo, dom Adrián?

— Está acontecendo que acredito que neste país não cabe nem mais um grama de loucura e você enfia em minha própria casa o rei dos loucos!

— E?

— E o quê?

— Não queria alegria, dom Adrián? Aí está, pois. "Não, não, não, não, não, nãooo..." Eu acho genial.

Bettini cortou a ligação, colocando o fone no gancho com ar lúgubre. De cabeça baixa, andou até Alarcón, que o aguardava cheio de expectativas.

— O que achou da minha "Valsa do Não", senhor Bettini?

O publicitário deixou as sílabas cair de sua boca como pedras:

— *Genial*, senhor Alarcón. *Genial*.

— Obrigado, mas só me atribuo metade da obra. A outra metade se deve ao talento de Strauss.

— Alarcón e Strauss.

— Uma dupla vitoriosa.

— O senhor e Strauss se entendem à perfeição.

— Como gêmeos.

— Como unha e carne, como cu e cueca.

— Exatamente.

Bettini agarrou-o pelo pescoço e conseguiu levantá-lo do banco sem dificuldade. Levou-o assim suspenso até a porta de saída e ali lhe deu um empurrão final.

— Fora!

Foi então que se deu conta de que, com a chave na mão, Patricia Bettini acabara de presenciar aquela cena inusitada.

DEZENOVE

Na aula de ginástica, estamos saltando sobre um cavalete para depois dar uma cambalhota num colchonete e voltar correndo para a fila de alunos e começar tudo de novo.

Vestimos camiseta branca e calção, e o exercício não é suficiente para afastar o frio. Esfregamos as coxas e os antebraços. O professor sopra um apito de juiz de futebol quando quer que mudemos o ritmo dos saltos e das piruetas. Deve se sentir bem dentro de seu agasalho azul de moletom. A seu lado está um menino de nossa idade, que ele obriga a observar tudo o que fazemos. Depois de um tempo pede que eu abra espaço diante de mim na fila.

— É um aluno novo — explica. — Um chileno que está voltando da Argentina.

Está aquecendo a palma das mãos, soprando entre elas.

— De onde você vem? — pergunto.

— De Buenos Aires. Meu velho estava exilado e permitiram que voltasse. Tiraram o "L" do passaporte dele.*

— Como você se chama?

— Héctor Barrios.

— E qual é seu apelido? *Tito*?

— Não. *Chileno*.

— Bom, procure outro apelido, porque aqui no Chile todo mundo é chileno.

Corremos juntos até o cavalete, mas, antes de saltar, ele fica paralisado e olha angustiado para o professor.

— O que aconteceu, Barrios?

— Não sei, professor — responde ele com sotaque totalmente argentino —, é que, quando cheguei ao *coiso*, achei que era alto demais e não acreditei que ia conseguir pular por cima dele. Não acreditei.

— O *coiso* foi perfeitamente projetado para jovens de dezoito anos. Volte para a fila e salte.

Acompanho-o de volta ao ponto de partida.

— Uma vez saltei por cima de um desses e torci o punho — ele me diz.

— Está bem. Esqueça. Eu explico ao velho.

— Obrigado. Como você se chama?

---

* A letra "L", que significa "limitación al ingreso" (limitação à entrada), era carimbada no passaporte de algumas pessoas, que assim podiam ser monitoradas até mesmo pelas nações simpáticas à Junta Militar chilena. (*N. do T.*)

— Nicômaco. Mas me chamam de Nico.

— Em Buenos Aires eu tinha um colega de escola que se chamava Heliogábalo.

— Como era chamado?

— *Gabo*.

— Como García Márquez?

— Sim.

— É justo.

Tomo impulso, corro, atravesso a barra de couro sem tocá-la e giro suavemente pelo colchonete. Depois vou até o professor.

— O que está havendo com o Che?

— O punho, professor. Fraturou, um horror.

— Na Argentina?

— Coitado — assinto.

— Não me diga!

Faz-lhe um sinal para que se aproxime.

— Vou livrá-lo desta, Che. Tudo pelo abraço de San Martín e O'Higgins.

Barrios bateu no meu peito com um dedo.

— Sabia que iam me chamar de *Che* aqui no Chile.

VINTE

Patricia viu o homenzinho se levantar da calçada e se afastar como um cachorro com o rabo entre as pernas, sem ao menos sacudir a poeira do paletó.

— Meu Deus! O que você fez, papai?

Bettini entrou em casa e, de costas para filha, foi falando.

— Estou tentando compor uma canção para a campanha do "Não", e esse louco se enfia aqui em casa e começa a cantar "Não, não, não, não" com a música do "Danúbio azul".

— Você expulsou o Baixinho?

— Baixinho, mas com sua loucura inversamente proporcional ao tamanho!

— Mas, papai... Ontem ele cantou essa valsa na Scuola Italiana. É grudenta. Hoje todos os estudantes do meu curso a estavam cantando.

Bettini parou bruscamente.

— Os estudantes *indecisos*?

— Todo mundo. A valsa é genial, papai.

Entraram no estúdio, e o publicitário limpou as teclas com a manga do paletó, como se quisesse apagar o rastro de Alarcón.

— "Genial." Foi o que me disse há pouco seu namorado Nico Santos.

— Mas é verdade! O Baixinho também foi ao instituto e tocou a valsa para os alunos de lá. Vai cantando de liceu em liceu, de universidade em universidade. Os próprios estudantes o escondem quando os policiais aparecem.

— Não é preciso. É tão pequeno que basta lhe darem um uniforme para ele ser confundido com um aluno.

Sentou-se ao piano e, sustentando com o pedal, começou a tocar a melodia emblemática dos anos de Allende: *O povo unido jamais será vencido*.

— Preciso encontrar um acorde que harmonize liberais, democratas cristãos, socialistas, social-democratas, radicais, cristãos de esquerda, verdes, humanistas, socialistas renovados, comunistas, centristas... Que cacofonia!

Patricia ficou ao seu lado até ele fechar suavemente a tampa do piano, colocando um ponto final em seu fracasso.

— Papai, não seja tão retrô. Se quiser incentivar as pessoas a votar "Não" com alegria, precisa compor uma música que seja realmente alegre.

— É o que estou tentando fazer, mas não consigo encontrar nada.

— Uma melodia que siga a onda.

— Um rock?

— Sim, um rock. Mas uma coisa leve, como as músicas dos Beatles. Você tem de conseguir que as pessoas sintam que é maravilhoso dizer não. Maravilhoso dizer não!

Patricia imitou o movimento juvenil de pescoço, com que Paul McCartney marcava o ritmo agitando a cabeleira.

— "*She loves you, yeah, yeah, yeah...*"

— Só que no meu caso teria de ser "*She loves you, no, no, no...*". Que merda vou fazer com esse maldito "Não"?

— Algo juvenil, sedutor, gracioso. Uma coisa com um gritinho final: "Não, oh, oh..."

Bettini esfregou as pálpebras, querendo apagar as visões daquele pesadelo.

— "Não, oh, oh..."?

— É isso. "Não, oh, oh..."

— Até logo, Patricia.

— Você vai sair?

— Não. Quem vai sair é você!

VINTE E UM

Laura Yáñez está em meu apartamento. É amiga íntima de Patricia Bettini e ao mesmo tempo totalmente diferente dela. Enquanto a Pati é boa aluna e tem lábios finos, seios pequenos e cabelos castanhos, lisos, presos num rabo de cavalo e arrumados com um prendedor artesanal, Laura é morena, tem cachos desgrenhados e reluzentes de gel. Em pleno inverno tem pele bronzeada, como se estivesse sempre acabando de chegar da praia, sua bolsa vive coberta de decalques de ídolos pop que aparecem na televisão, seus lábios são carnudos e acentuados por um batom berrante com que ela os lambuza quando sai do colégio. Seus seios transbordam da blusa do uniforme, e ela, de propósito, desabotoa o suficiente para que possamos ver a vertiginosa curva superior de seus peitos firmes. Tem um sorriso fácil, que põe à mostra um rosário de dentes perfeitos; passa o tempo todo balançando os quadris como se estivesse ouvindo alguma música tropical.

De sua vida no colégio só tem um comentário: "Sou uma leoa numa jaula." Esse lema se traduz na caderneta escolar: no fim do semestre, os números vermelhos parecem uma festa das cerejas.

Preparo-lhe uma xícara de chá e não me pergunto o que traz Laura Yáñez à minha casa sem Patricia Bettini. Prefiro não saber. Sua contribuição para nosso "chazinho" é um pacote de biscoitos Tritón, daqueles redondos, sabor chocolate, recheados de creme branco. Depois do primeiro gole diz que veio me pedir um favor.

Chegou à conclusão de que, mesmo que queimasse as pestanas estudando dia e noite, nunca compensaria as notas vermelhas no segundo semestre, por isso seria obrigada a repetir de ano.

— Imagine — diz — o efeito que isso teria em meu ânimo. Todas as minhas colegas entram na universidade ou ficam noivas para casar, e eu continuo na jaula, mas agora com as bobocas das turmas inferiores, que eu não engulo. E isso na melhor das hipóteses, pois meus pais já me ameaçaram, dizendo que não têm dinheiro suficiente para continuar pagando a Scuola Italiana. Estão cansados de fazer sacrifícios. Dizem que, se eu repetir de ano, vão me matricular numa escola técnica ou no Instituto de Gastronomia para eu acabar sendo cozinheira em algum hotel.

"Conclusão — ela morde com melancolia a ponta de um biscoito Tritón — decidi abandonar o colégio e começar a trabalhar e a ganhar meu dinheiro para comprar as coisas de que gosto."

Sem açúcar, o chá me parece amargo, mas o tomo em silêncio.

Sei do que Laura gosta: de sujeitos mais velhos, de ser a rainha das *discothèques*, dançando salsa, de camiseta dois números menores, para que o tecido se infle com seus seios palpáveis, de jeans esculpidos sobre as curvas firmes de suas nádegas, de ver séries de televisão sonhando que um dia seduzirá um produtor que a descobrirá e a contratará para trabalhar em uma delas e assim se tornará popular e milionária.

Em compensação, Aristóteles e Shakespeare para ela não valem nada. A única coisa que lhe agrada em *Hamlet* é quando Polônio pergunta ao príncipe o que está lendo e ele responde: "palavras, palavras, palavras." Para Laura, toda a cultura universal está expressa em palavras, e estas são um cheque sem fundo. Segundo ela, todo mundo enche a boca quando fala de democracia, mas olhe só o que está acontecendo no Chile. Sua filosofia: viver intensamente o hoje, porque, de qualquer jeito, quando menos se espera, matam a gente.

Conclusão: quer abandonar agora mesmo o colégio e começar a trabalhar.

Fica me olhando como se tivesse acendido o pavio de uma bomba e esperasse a explosão.

Eu não digo nada porque estou pensando no que vejo, e o que vejo em minha mente, numa tela de cinemascope, é o que espera Laura se ela abandonar o colégio.

Para não falar, ponho meio biscoito na boca e o mastigo fazendo barulho. Ela levanta as sobrancelhas e me pergunta o que acho. Sei muito bem o que acho, mas também sei muito bem que não sou ninguém para ficar opinando a respeito de nada e no fundo o que me irrita agora é saber por que Laura me procurou com essa história e por que não a contou, por exemplo, a Patricia Bettini.

— Então você quer saber minha opinião — digo.

— Na verdade, não, Santos. Já decidi.

Tira da bolsa um estojo de maquiagem, olha a comissura dos lábios no espelhinho oval e depois passa a ponta da língua pela região onde há uma pequena ferida que certamente está ardendo.

— Você contou essa história para Patricia?

— Claro que não.

— É sua melhor amiga.

— É minha melhor amiga, mas também é muito puritana.

Levanto-me da cadeira e abro a janela que dá para o terraço.

Passa um pouco das seis, mas já escurece em Santiago. Os pneus dos ônibus chiam no chão molhado, e os apitos dos carabineiros não conseguem desfazer o engarrafamento. Os motoristas buzinam, como se isso ajudasse de alguma maneira.

Ponho mais chá nas xícaras. Quando meu pai vai voltar?

— Preciso de sua ajuda, Santos.

— Que ajuda?

— Arranjei um trabalho bem pertinho daqui.

— Onde?

— Atravessando a rua.

— E?

— Não posso contar a meus pais que não estou indo ao colégio. Vou sair de casa de uniforme, mas preciso que você me empreste seu quarto para trocar de roupa, vestir uma coisa mais sexy. Não preciso de mais do que cinco minutos.

— Olhe, Laura, é melhor você não abandonar o colégio. Eu posso ajudá-la com inglês e filosofia. Patricia, com matemática.

— E química, e física, e história, e artes plásticas?

— Prefiro não ajudar com a história da roupa.

— Por favor, Santos. São cinco minutos. E só nas terças e quintas-feiras.

— Não.

— Você é meu melhor amigo.

— Patricia Bettini é sua melhor amiga. Não eu.

— Por que não quer me ajudar?

— Porque não e pronto. Simplesmente não estou a fim.

Laura Yáñez fica em pé e me fuzila com o olhar.

— Você é um moralista, Santos.

Acho estranha essa palavra tão complexa na boca de Laura Yáñez.

Porque o que ela realmente quer dizer é que sou um cagão.

Ou, como diria meu velho, "Você não é ético, Nicômaco".

— Faça o que quiser. Pode usar o apartamento. Aqui estão as chaves do meu velho.

VINTE E DOIS

Manipulando acordes, enchendo um cinzeiro atrás do outro com cigarros que deixava pela metade, bebericando ora uísque puro, ora com gelo, Bettini caiu sobre o teclado — meio bêbado, meio exausto — e teve um sonho. As imagens tinham a grandiosidade e a nitidez de uma tela de cinemascope.

No palco do Teatro Municipal, um coro de cerca de cem homens e mulheres em trajes de gala — eles, de smoking, e elas, de vestido longo de seda — espera a chegada do regente, enquanto a orquestra afina cordas e metais seguindo as instruções do primeiro violino. A esse bulício inquieto se somam as animadas conversas do público que ocupa as poltronas de veludo vermelho e o tilintar das pulseiras das damas, que olham para os camarotes, onde posam com indiferença algumas figuras da alta sociedade chilena.

No sonho, Bettini se vê nos bastidores e acredita entender que sua função ali é dar o sinal para que o regente e o coro subam ao palco e ocupem seu pódio. Percebe o nervosismo da plateia pelas tosses e pelo farfalhar dos leques usados pelas damas para evitar que o suor borre a maquiagem.

A afinação dos instrumentos vai chegando ao fim, até que tudo desemboque num silêncio expectante. O primeiro violino se sentou e dirige o olhar aos bastidores, assentindo com o queixo. Um funcionário do Municipal, portando uma prancheta na qual há anotações técnicas, aproxima-se de Bettini e, tocando o cotovelo dele, diz:

— Sua vez, maestro.

Num clarão de lampejo fatal, Bettini entende que está trajando um fraque impecável, peitilho imaculadamente branco e engomado, e que aquilo que está em sua mão é uma batuta. Recorda então que, desde a conversa com o ministro do Interior, não havia sentido a garganta tão seca. Seus pés parecem esculpidos em chumbo, e ele não consegue se mexer até que o assistente lhe sorri, amável, mas também imperiosamente profissional.

O homem ao seu lado comete uma impertinência: empurra suavemente Bettini para o proscênio, e os músicos, vendo-o entrar, ficam em pé, enquanto o público lhe dirige uma salva de palmas.

Com a certeza de que a batuta que aperta na mão direita é um punhal que ele não saberá usar, sente certo alívio ao adiar o iminente cataclismo fazendo exageradas reverências ao público que o aplaude. A ovação vai se diluindo até se esgotar, mas não demora a irromper um aplauso absoluto e maciço daqueles milhares de espectadores que viraram simultaneamente o rosto para o lado esquerdo do palco. O olhar de Bettini também vai nessa direção, e ele acredita estar tendo um pesadelo dentro do pesadelo, ao descobrir que o personagem que chega para ocupar o posto de solista ao pé de seu pódio é o senhor Raúl Alarcón, aliás, o *Baixinho*, aliás, *Florzinha Encarapinhada*.

O minúsculo sujeito não parece estar sendo vítima dos mesmos terrores de Bettini e lhe estende alegremente a mão. O maestro a aperta e, sem saber quem, quando, onde, como nem por que alguém escreveu aquele roteiro para ele, ergue os dois braços e, com um enérgico movimento do pulso, arranca da orquestra os compassos iniciais da "Valsa do Não", opus 1, de Strauss e Motuda.

Ignora tudo, mas agita a batuta como se se tratasse da Quinta Sinfonia de Beethoven. E, depois de um longo suspense, com um gesto do queixo indica a Raúl Alarcón que deve assumir seu papel de solista, e o senhor Alarcón, peito empertigado, orgulhoso, satisfeito consigo mesmo, ataca os primeiros versos de sua coautoria com Strauss:

Começa-se a ouvir o "Não", o "Não"
em todo o país, "Não, não, não, não"...

E em menos tempo do que o esperado, numa grande vaga, sopranos, contraltos, barítonos, baixos e tenores concertam-se estrondosos no delicado estribilho:

Não, não, não, não, não.
Não, não, não, não, não...

O exuberante lustre de pingentes de cristal do Municipal tilinta com as vibrações e devolve, num carrossel mágico, o brilho das joias das damas da plateia.

E Bettini sente que a batuta começa a naufragar no suor de suas mãos, na caldeira de transpiração que empapa seu colarinho engomado, nas grossas gotas que lhe nublam os olhos.

Mas falta tão pouco.

Apenas um impulso. Nada além do vibrato dos barítonos fechando solenemente aquele "Não" que originará a explosão dos agudos das sopranos, e chega, enfim — finalmente, enfim — o final, e os aplausos se tornam mais fortes, e Bettini sabe que deve se virar e agradecer, mas é impedido agora por um efeito arrebatador: as potentes vozes do coro conseguiram perfurar o teto do Municipal e por ali, vindo de um céu impecavelmente turquesa, desce um arco-íris de infinitas cores, obrigando-o a ajoelhar-se em êxtase para orar àquele Deus instantaneamente criado ali mesmo.

Sente que o abraçam, que o sacodem.

Abre os olhos, e atrás da cortina multicolorida da última cena do sonho surge sua esposa acompanhada de Olwyn, que o aponta com um dedo imperioso:

— Bettini! Estão aqui comigo o costureiro que vai fazer as camisetas do "Não", o artista que vai confeccionar as bandeiras do "Não", o gráfico que vai imprimir o cartaz do "Não" e o cineasta que vai filmar a imagem do "Não" para nosso espaço na televisão. Bettini! Você já fez o símbolo da campanha?

O publicitário estica o braço até a tecla preta mais aguda do teclado, aperta e, usando o pedal, mantém a vibração no ar.

— Um arco-íris — sussurra.

— Bettini?

— Um arco-íris. O símbolo da campanha do "Não" é um arco-íris.

Olwyn estende sua muda perplexidade à equipe de realizadores e coroa sua angústia cravando o olhar em Magdalena. A mulher dá de ombros, e Olwyn aponta expressivamente o copo de uísque pela metade na borda do piano.

— Um arco-íris, Bettini?

— Um arco-íris, senador.

— Dom Adrián, isto é uma campanha política, e não um carnaval. É verdade que a bandeira norte-americana tem umas estrelinhas cômicas, mas... um arco-íris! Nunca vi uma coisa dessas.

— Pois bem, agora vai ver.

— Você me foi recomendado como o melhor publicitário do país. Não me deixe na mão.

De repente Adrián parece sair do transe. Sente isso no ritmo de sua nova resposta: o *staccato* com que costumava deslumbrar, em seus anos de glória, os clientes cujas contas cobiçava.

— Ouça, senador. O arco-íris reúne as condições que queremos. Tem todas as cores e é uma coisa *só*. Representa todos os partidos do "Não", e nenhum deles perde a individualidade. É uma coisa bela que surge depois de uma tempestade, e todas essas cores têm o que o senhor queria: alegria!

O líder político tem um momento de intensa dúvida. Não sabe se deve se entregar à sensação de desânimo que o ameaça ou àquela tímida esperança que começa a desenhar um sorriso em seus lábios. Estala os dedos e se dirige a sua equipe:

— Senhores, o símbolo da campanha do "Não" é o arco-íris! Ele deve ser posto nas camisetas, nos bonés, nas bandeiras, nos cartazes, nas avenidas, nos muros, no céu!

Depois, com mais vontade de acreditar do que fé, avança até o publicitário e envolve-o num abraço.

— Teve muita dificuldade de chegar a essa ideia genial, Bettini?

O homem olha com certa melancolia o copo de uísque e, aproximando seus lábios do rosto do ex-senador, sussurra em seu ouvido:

— *Nocte dieque incubando*.

— O que é isso, homem?

— Latim. Colégio de padre, senador.

— E o que significa?

— "Pensando nisso noite e dia."

VINTE E TRÊS

O professor Paredes acaba de chegar à sala de aula com a capa de chuva molhada. Traz um saco de papel com mortadela, pão e uma garrafa de água mineral. Não almoçou. Diz que se atrasou porque o professor de inglês de uma escola particular da província está fazendo quimioterapia, e ele aceitou substituir o colega, para que ele continue recebendo os pagamentos. Os dois metros de altura de Paredes são repletos de solidariedade. Às segundas-feiras é obrigado a passar metade do dia viajando de micro-ônibus para ir a Rancagua e voltar. Uma parte de seu próprio salário vai em passagens, mas, enquanto tramita na Associação de Professores um pedido de ajuda de custos para o colega com câncer, ele evita que a família dele morra de fome. Não conta o que todo mundo já sabe: o presidente da Associação de Professores está preso.

O professor Rafael Paredes tem pressa. A passagem para ir filmar em Portugal chegou, e ele não quer deixar no meio do caminho a peça que ensaiamos com o grupo de teatro do colégio. Por isso, na próxima semana, ao meio-dia, haverá a grande estreia, o que nos transforma, a nós, atores, em heróis: os meninos terão permissão para faltar às aulas e assistir à peça. A coisa de que mais gostamos no instituto é matar aula. Os bobocas não entendem bulhufas de teatro, mas, para se livrarem de física ou química, sem dúvida lotarão o salão nobre.

Trata-se do entremez de Cervantes *A caverna de Salamanca*. É uma história cômica: o marido se despede da mulher para ir ao casamento da irmã em outra cidade. Quando o homem parte, a dona de casa e a criada se preparam para uma orgia com seus amantes, o barbeiro e o sacristão da aldeia.

Bem, eu faço o sacristão.

O figurinista me trouxe uma túnica roxa e alguns medalhões que pendem do meu pescoço. Quando estamos no auge do pega-pega com a criada e a senhora, o marido volta, e um hóspede recém-chegado, um estudante de Salamanca, convence o traído de que tanto eu como o barbeiro somos dois fantasmas. O cornudo se dá por satisfeito com a magia de Salamanca e todos acabamos brindando como amigos. À estreia comparecerão o diretor, todo o corpo docente e o tenente Bruna, encarregado do nosso colégio. Ele é um grande partidário de que os alunos participem de atividades teatrais e literárias extracurriculares, pois assim ficarão afastados das desordens políticas.

O que o tenente Bruna não sabe é que, quando o porteiro se retira e nos entrega as chaves, *A caverna de Salamanca* sai de cena e aparecem dois atores profissionais que estão ensaiando com o professor Paredes uma obra muito mordaz do autor argentino Eduardo Pavlovsky, conhecido como Tato, chamada *O senhor Galíndez*. Essa sim é outra coisa. Trata-se de dois torturadores que, enquanto esperam suas vítimas políticas, torturam duas putas mandadas pelo chefe deles, o senhor Galíndez.

A obra de Pavlovsky foi trazida por Che Barrios disfarçada dentro de *A ilha do tesouro*, de Stevenson.

Por coisas como essas é que meu velho acha que é urgente o colega Paredes ir passar férias em Portugal, porque, embora *O senhor Galíndez* deva ser apresentada clandestinamente em salas improvisadas, por todos os lados há dedos-duros que a qualquer momento podem delatá-lo.

Vários atores estão ameaçados de morte. Semana passada foi o aniversário do popular Julio Junger, e um mensageiro lhe levou de presente uma coroa fúnebre. Junger e o professor Paredes atuaram juntos há alguns anos numa obra de Harold Pinter chamada *O encarregado*.

Eu estou a salvo fazendo o pícaro sacristão. Mas nunca se sabe, porque na semana passada o Ministério de Educação proibiu uma obra de Plauto, escrita há dois mil anos, por considerá-la blasfema. Claro que a obra se chamava *O soldado fanfarrão*. Parece que Pinochet achou que era com ele.

Gostaria mais de atuar em *O senhor Galíndez* do que em *A caverna de Salamanca*, mas meu velho morreria três vezes se ficasse sabendo disso. Além do mais, participam da peça dois atores top, proibidos de trabalhar em telenovelas. Aqui a tevê é toda de Pinochet. Quando aparece alguém que não é partidário de Pinochet, mostram-no algemado, dizendo que é terrorista.

Patricia Bettini quer ir embora do Chile quando terminar o colégio. Diz que este país não tem jeito. Eu também iria, mas não posso deixar meu velho sozinho.

Não há ninguém que cuide dele. Sinto muito sua falta.

Tenho a impressão de que nada se mexe, de que o Chile vai apodrecer com Pinochet. Há alguns meses armaram-lhe uma emboscada e atiraram no carro em que ele estava. Claro que não acertaram. As balas se chocaram contra o vidro blindado. À noite Pinochet apareceu na televisão, mostrou como as balas haviam danificado o vidro e disse que era um milagre estar vivo, e prova disso era que o impacto das balas desenhara no vidro o rosto da Virgem Maria. Não será de estranhar se agora pedir ao papa que o canonize.

Esses disparos deixaram os milicos muito nervosos. Foram imediatamente para as ruas matar gente em represália. Não acredito que meu pai tenha algo a ver com isso. É um pacifista. Diz que violência só traz mais violência. Mas não sei. Tudo o que estudei no colégio diz que o mundo avança com atos de violência: a revolta dos escravos, a Revolução Francesa, a guerra mundial contra os nazistas. Mas o Chile é tão pequeno.

Ninguém se importa com o que nos acontece.

Se Patricia Bettini fugir do Chile, perderei a vontade de viver. Ela estuda na Scuola Italiana, e eu no Nacional. Temos em comum o professor Paredes: ele ensina inglês nos dois colégios e dirige teatro nos dois lugares. Aqui, Cervantes (entre parênteses, Pavlovsky), e lá, Ionesco.

Comigo faz Cervantes, com Patricia Bettini, Ionesco.

Ela tem um avô italiano de verdade em Florença. Entende os filmes italianos sem nenhum problema. Assiste sem precisar ler as legendas.

Canta as canções de Modugno e sabe um poema de Leopardi: "*Fratelli, a un tempo stesso, amore e morte ingenerò la sorte*" ("O destino gerou ao mesmo tempo o amor e a morte como irmãos").

Fico arrepiado porque isso acontece muitas vezes. Estudamos *Romeu e Julieta* com o professor Paredes, e é exatamente isso.

Na verdade, é melhor que Patricia vá para a Itália. Quer fazer alguma coisa pelo meu pai. Quem sabe em que confusão pode se meter aqui. Mas eu corto os pulsos se ela partir.

Nicômaco em Verona.

VINTE E QUATRO

O elenco de voluntários arranjados por Magdalena, em seu papel de produtora da campanha televisiva do "Não", inclui as seguintes espécies que Adrián Bettini — ainda não habituado aos rebuliços da excentricidade, inaugurados pelo *angelorum* Alarcón — observa com pavor.

Um estudante universitário barbudo se apresenta e pede que lhe faça uma pergunta.

— Que pergunta?

— Pergunte o que eu diria a um ditador.

— Bem — disse Bettini. — O que diria o senhor a um ditador?

O rapaz olha para a esquerda, olha para a direita, olha para a frente e mostra então uma língua enorme na qual desenhou um arco-íris e, em cima do arco-íris, a sílaba "Não". Espera ansioso a reação do publicitário.

— Está bem — diz Bettini, querendo dizer outra coisa.

Querendo dizer, na verdade, que entrou num tobogã de delírios, como se todo o Chile tivesse consumido uma droga resistente a qualquer tratamento.

— Se me permite uma sugestão — acrescenta o jovem barbudo —, recomendo que, quando eu mostrar a língua com o "Não", o senhor coloque como trilha sonora o rugido de um leão.

— Está bem — diz Bettini, tentando entender por que tudo vai mal.

E então Magdalena chama o segundo candidato a aparecer no programa de televisão do "Não".

Trata-se de um bombeiro.

Com jaqueta de bombeiro.

Com capacete de bombeiro.

Cumprimenta Bettini com uma ligeira continência e afirma, solenemente:

— Os bombeiros do Chile estão com o "Não".

Incapaz de pensar em alguma coisa mais sofisticada, Bettini pergunta como um bombeiro poderia ajudar a publicidade do "Não". O homem tira das costas um copo de água, levanta-o como se estivesse brindando e de sua boca sai a imitação da sirene de um caminhão de bombeiros: "Não, não, não, não, não, não, não, nãooooooooooooooo."

Quando termina, sorri e bebe um gole da água que tem na mão.

Bettini não bebeu uma gota de álcool durante todo o dia, mas desconfia de que está bêbado. Caminha até a parede do fundo, onde descobre o namorado de sua filha Patricia, o instigador Nico Santos, tentando decorar linhas de um livro.

— Você também é voluntário para aparecer na tevê do "Não"?

— Não, dom Adrián. Estou me preparando para minha prova de Shakespeare com o professor Paredes.

— E o que está lendo?

— *Macbeth*.

— Sabe algum trecho?

— Sei.

— Então vejamos.

O jovem, em vez de ficar em pé para declamar, deita-se num colchonete azul e, apoiando o queixo na mão esquerda, deixa fluir a fala de Macbeth.

— "Derramou-se muito sangue nos tempos antigos antes que a lei humana abrandasse os Estados.

'"Então se cometiam crimes terríveis demais para serem contados.

'"Houve um tempo em que os homens morriam com o cérebro triturado, e isso era o fim.

'"Mas agora os mortos se alçam com vinte ferimentos mortais no crânio e nos expulsam de nossos tronos.

'"Isto é mais estranho que o próprio crime.'

"Espero que agora o professor Paredes me dê um sete — disse Nico, cantarolando para dissimular um bocejo. — Em que ficou pensando, dom Adrián?

Bettini esfrega os olhos e aperta com força o septo nasal com dois dedos.

— Pensando na realidade. Onde está a realidade, Nico? Em Shakespeare ou nesses loucos lá do set?

O jovem Santos se levanta, olhando para o fundo do estúdio, de onde surge um grupo de moças com *collant* de bailarina, carregando um arco-íris de cartão-pedra.

VINTE E CINCO

Ontem à noite fomos a um show de Los Prisioneros. Bem, show propriamente não. Tocata. Quando um grupo de rock se apresenta, chamam aquilo de "tocata". Claro que este foi tocata e fuga, porque quando saímos do galpão de Matucana havia vários furgões cheios de policiais diante das portas.

No começo não estavam agarrando ninguém, mas não faltou um desmiolado para gritar: "O que estão fazendo aqui, seus policiais *fios*-da-puta!", e aí os policiais pegaram os cassetetes e começaram a dar porradas na nossa cabeça, e tivemos de sair em debandada. E era preciso correr muito, porque os donos dos bares, vendo a polícia chegar, baixaram as portas metálicas, e ninguém achava lugar para se esconder.

As letras de Los Prisioneros são corrosivas, mas o país não é tão corrosivo como suas letras. Essa é a beleza do rock. Parece que as canções estão mais vivas do que as pessoas. A bateria e as guitarras dão a impressão de eletrizar nossas veias. Dão vontade de sair da tocata e ir atirar pedras no palácio La Moneda. Mas a verdade é que no dia seguinte todos andamos de cabeça baixa, sonolentos e tentando ler na última hora o texto de história antes da prova de leitura.

Os professores dão aulas sem vontade, olhando a todo momento o relógio, vendo quanto falta para a campainha tocar. Isso porque são pessimamente pagos. No Chile os professores são desprezados, mas não fiquei sabendo disso pelo meu próprio velho.

Esta canção de Los Prisioneros é minha favorita:

É de sangue latino que o planeta precisa,
vermelho, furioso e adolescente.
Adeus, barreiras, adeus, setenta.
A força está vindo,
*a voz dos oitenta.**

Patricia Bettini, por sua vez, ouve os discos do pai dela. Os Beatles e todo o resto. Sabe canções de Joan Baez e de Bob Dylan e diz que uma coisa é cantar que a força dos

* Em espanhol: "Sangre latina necesita el planeta, / roja, furiosa y adolescente. / Adiós, barreras, adiós, setenta. / Ya viene la fuerza, / la voz de los ochenta." (*N. do E.*)

oitenta vem vindo, e outra coisa é ela vir mesmo. Não acredita que com rock se derrote Pinochet. No entanto, seu hino nacional é "Imagine", de John Lennon, que é pacifista demais. Acha que não há como depor Pinochet e que, terminando o colégio, vai embora para Florença.

Morro de medo, porque os italianos têm boa pinta, vestem-se como príncipes, vão a barbeiros de um milhão de dólares o corte e jogam futebol como deuses. Quanto a mim, diz que, se a amo, é melhor ir já aprendendo italiano.

Soa parecido com o espanhol, mas tudo é muito enganoso. Por exemplo, uma "*persecución*" não é uma *persecuzione* ou algo parecido, mas um *seguimento*. Ela me emprestou uns livros, e eu sublinho o que entendo e me agrada. Por exemplo, isto de Dante é muito bom: "*Libertà va cercando, ch'é si cara, come sa chi per lei vita rifiuta.*" ("Vai buscando a liberdade tão prezada, como sabe quem por ela recusa a vida.")

O professor Santos lavaria minha boca com água e sabão se me ouvisse dizer isso. Aqui em casa, só ele pode ser herói. Não quer que eu me meta em coisa nenhuma. Por isso também aprendi o verso de uma *canzonetta* com o qual outro dia deixei Patricia Bettini boquiaberta: "*Tu sei per me la più bella del mondo.*"

Quando saí da aula, ela estava me esperando. Assim que me viu, atirou-se em meus braços e pediu que a abraçasse com força, o mais forte que pudesse, pois queria morrer. Deixei a mochila cair e apertei-a atrás do carrinho que vende hot dogs porque todo mundo estava olhando para nós. Ela não parava de tremer, e suas faces ardiam.

Levei-a ao Indianápolis, enfiei-a no banheiro feminino e molhei seu rosto com água gelada.

Viera correndo da Scuola Italiana.

Quando chegou à escola, de manhã, um helicóptero estava sobrevoando Apoquindo e, antes de entrar na sala de aula, viu alguns automóveis sem placa estacionados perto da esquina.

Não me chama a atenção o fato de isso ter chamado a atenção dela, porque essas são coisas que as pessoas aprendem a perceber no Chile, mesmo sem querer.

Justamente quando estava entrando no colégio, encontrou o professor Paredes, que ela sempre cumprimenta com um beijo, e é aí que de um carro saem três caras da polícia, que o agarram, o arrastam e o enfiam no automóvel. O diretor do colégio começa a lutar com os caras, mas eles lhe dão um golpe, o jogam no chão, raptam o professor Paredes e fogem com ele no veículo.

Desde então ela não parou de tremer.

Os carabineiros vieram, e ela lhes contou tudo o que havia visto e lhes falou dos carros sem placa. O reitor continuava sangrando no chão. Pouco depois chegou o cônsul da Itália num carro diplomático. Desceu correndo do automóvel e pediu a todos os alunos que entrassem na escola.

Dante.

A liberdade.

Não sei como, mas eu, que a abraço para que ela pare de tremer, estou tremendo também.

VINTE E SEIS

Primeira sessão.

Bettini convenceu o embaixador da Argentina a convidar os líderes da oposição chilena a participar de uma homenagem ao diretor de cinema Armando Bó e a sua atriz principal, Isabel Sarli. Foram enviados alguns convites para uma projeção de *Carne*; depois haveria uma degustação de vinhos pinot de Mendoza e a apresentação de um novo cabernet sauvignon de um empresário chileno que tinha vinhedos em Pirque e era chamado carinhosamente pelos banqueiros de *Demócrata Vial*.

Bettini queria que os dirigentes políticos dos partidos da aliança contra Pinochet estivessem presentes para sacramentar de uma vez por todas o programa de televisão que lhe causara tantas angústias. A presença desses líderes manhosos daria um ar executivo à reunião em que, na verdade, seriam projetadas as primeiras imagens da campanha do "Não", em vez da erótica história de Sarli, inocente criatura que no filme não consegue entender o que nela desperta a luxúria e a selvageria dos homens.

O embaixador da Argentina, em vez de dizer "*È arrivato Zampanò*", como anunciava Giulietta Masina a Anthony Quinn em *La strada*, saudou seus convidados com um cúmplice "*È arrivato il 'No'*".

Olwyn não quis assistir à estreia da campanha do "Não" porque sabia que estava sendo vigiado e tentava se movimentar no maior sigilo. Ir à embaixada poderia acabar sendo uma imprudência que revelaria os mistérios das imagens do "Não" a seus rivais. Os líderes dos partidos também não foram; enviaram representantes do segundo escalão.

A ausência de Olwyn levou Bettini a pressagiar um desastre. Se o homem que lhe pedira "alegria" não fazia ato de presença, como ele conseguiria explicar a "Valsa do Não" de Florcita Motuda aos aguerridos e sofridos militantes de esquerda, que o submeteriam a um interrogatório?

Entenderiam sua estratégia de embrulhar a cicuta em papel de bala?

Preferia assistir aos quinze minutos da campanha ao lado deles, para o caso de lhe ter escapado algum detalhe; queria ter certeza de que umas bobagens de imagens soltas não poriam em risco a exibição do filme na televisão.

Era necessário ser prudente. Denunciar, mas não provocar. Até mesmo elogiar Pinochet por sua coragem de querer mostrar ao mundo que era um democrata. Queria ter tempo de consertar qualquer impertinência que tivesse cometido involuntariamente, antes que os censores assistissem ao programa; assim seu prestígio de estrategista permaneceria incólume.

Por isso, sugerira ao embaixador que convidasse Olwyn para ver o filme de Isabel Sarli. "Impecável", pensou. Os espiões do ministro do Interior informariam ao chefe que Olwyn participara de um encontro cultural na sede do país irmão. Mas não suspeitou de que o diplomata tinha, de fato, um vídeo de *Carne*.

— O senhor é um perfeccionista, embaixador. Certamente quando vai a um batizado exige que lhe mostrem o bebê, e, numa cerimônia de exéquias, fica irritado se não há um cadáver.

Bettini acomodou, pessoalmente, os austeros emissários de Olwyn nas poltronas mais confortáveis de uma primeira fila improvisada. O embaixador lhes ofereceu cigarrilhas holandesas, Patricia providenciou banquinhos para que pudessem esticar as pernas e Raúl Alarcón, aliás *Florcita Motuda*, esmerou-se numa reverência ao passar a seu lado.

Che Barrios conectou os alto-falantes e Bettini lhe estendeu a mão, sugerindo que se sentasse ao seu lado. Queria ter o privilégio de ver seu trabalho, tendo o jovem técnico improvisado ao alcance, caso precisasse interromper a projeção.

O embaixador proferiu algumas palavras de introdução ao filme de Isabel Sarli. Disse que esperava ser gratamente surpreendido por tão distintos artistas. Precisava informar aos distintos amigos presentes que o ministro do Interior o chamara na segunda-feira para garantir aos diplomatas credenciados no Chile que poderiam ter absoluta confiança — e assim comunicar a seus respectivos países — de que, fosse qual fosse o resultado do plebiscito, recomendaria ao general Pinochet o respeito ao veredito das urnas.

— Pois bem... — disse o embaixador, pedindo de antemão desculpas pela vulgaridade da expressão que citaria textualmente, com um sorriso que exibiu seus dentes perfeitos —, ele também me disse o seguinte: "Se vocês perderem, reconheçam que fizeram uma cagada."

O embaixador transandino concluiu assim seu discurso de saudação ao ato "ecumênico" — outro sorriso diante do achado do adjetivo —, em que os líderes da oposição veriam, na presença dos próprios criadores, os quinze minutos da campanha de Isabel Sarli que estrearia nos canais de televisão dali a poucos dias.

— Embora a Constituição de 1980 obrigue Pinochet a realizar esse plebiscito, também é verdade que os militares têm o poder de enfiar a constituição *os senhores sabem onde* quando quiserem fazer *o que os senhores sabem* também. Não vejamos as coisas tão em preto e branco, certo? O general cumpre, certo?

Apontou Bettini com seu cigarro e o manteve nessa posição dirigindo-se à plateia.

— Para dizer a verdade, agora temo ver algo genial, pois todos conhecemos o *curriculum* deste talentoso publicitário. Um homem que é "amarguinho como a vida" e a quem, em determinado momento, o próprio ministro do Interior pediu que fizesse a campanha pelo "Sim". Ele, que se autodefine como um Davi entre Golias, optou por ser adversário do presidente, apesar dos riscos que isso implica. Está em seu legítimo direito. Bem, agora estou morrendo de curiosidade para saber o que ele inventou para arrancar o general do coração dos chilenos.

O embaixador tomou numa das mãos o vídeo de *Carne* e na outra a fita do "Não" e, inclinando-se para os delegados dos partidos, perguntou se podia então abrir mão de Isabel Sarli, apesar das "duas poderosas razões que ela teria para ocupar a tela".

Todos riram com vontade, e o jovem estudante chileno Héctor Barrios, recém-repatriado da Argentina, apertou o botão *play*. O embaixador diminuiu a luz, e teve início a projeção dos quinze minutos da campanha do "Não".

VINTE E SETE

Segunda sessão.

O jovem Nico Santos não pôde assistir à estreia privada da campanha do "Não", pois quase na mesma hora, na aula magna de seu colégio, ocorreria a primeira apresentação do entremez *A caverna de Salamanca*.

Convidados especiais, na primeira fila: o diretor e o militar responsável pelo colégio, tenente Bruna, que incentivava as atividades culturais como um antídoto contra os protestos políticos a que os alunos eram propensos.

Adequadamente maquiado para representar o papel de sacristão sibarita e lascivo, Nico surgiu no proscênio, passando por uma fresta da cortina. Agradeceu com uma reverência de bailarino os aplausos e as vaias que seus colegas da plateia lhe dedicaram e, pedindo tempo, à maneira dos treinadores de basquete, pigarreou, sabendo que iria violar o pacto que fizera com o pai de não se meter em confusão. Sofria com a ausência dele, mas pelo menos se consolava com o fato de que ele não ficaria sabendo da loucura que estava prestes a cometer. Se o professor Santos estivesse no meio do público, certamente intuiria o que Nico se preparava para dizer e levaria um dedo rígido aos lábios, mandando-o calar-se.

— Os senhores devem estar se perguntando, respeitável público, o que faço aqui vestido de sacristão.

— Sim! — rugiram os estudantes.

— Sou um personagem da obra de Cervantes *A caverna de Salamanca*.

— Maldita caverna, chega! — gritou um debochado da última fila.

A risada se espalhou por todo o auditório. E Nico, contemporizador, decidiu unir-se ao alvoroço, mas sem perder de vista seu próximo objetivo.

— Espero que se divirtam com essa obrinha de Cervantes. Sacam Cervantes, certo?

O tenente Bruna assentiu satisfeito.

— *Dom Quixote* — disse o militar em voz alta.

— O autor de *Dom Quixote de La Mancha* — concordou Nico Santos, com um sorriso, dando ao tenente o crédito da preciosa informação. — É uma obra breve que espero que lhes agrade. Tínhamos planejado estrear na próxima semana, mas, considerando as angustiantes circunstâncias que envolvem o professor Paredes, diretor desta obra, antecipamos a estreia para chamar a atenção de vocês, companheiros, e das autoridades do colégio, para o sequestro do professor, que hoje é — engoliu em seco — um "preso desaparecido".

Os professores que escoltavam o diretor e o tenente na fila de honra pararam de sorrir ao mesmo tempo. A expressão "preso desaparecido" era tabu. No máximo podia se dizer "desaparecido". E quase sempre acrescentar, como nos noticiários, "em circunstâncias não esclarecidas".

Nico Santos acendera o pavio de uma bomba, e os alunos olharam para a porta de saída, com vontade de não estar ali.

O diretor estalou os dedos e indicou a Nico que a cortina fosse aberta.

— Que comece o show — disse com a máxima jovialidade que conseguiu.

Mas Nico Santos continuava febril no proscênio, possuído por uma repentina insensatez que lhe nublava o cérebro e acelerava a língua.

— Dirijo-me especialmente ao senhor, tenente Bruna, pedindo-lhe que use sua alta patente e sua influência no Exército para que nos devolvam nosso querido professor de inglês e diretor desta peça.

— Faremos tudo o que for possível — afirmou Bruna, com um movimento seco do queixo.

Por dez minutos os olhares de Santos e do tenente ficaram mutuamente imantados no silêncio que tomou conta da sala. Até que irrompeu na cena a bela adolescente do Liceu 1, de meninas, que fazia o papel da esposa, ataviada de tal maneira que o volume de seus seios não escapou à lúbrica plateia juvenil. Acariciava o marido e, ao mesmo tempo, derramava lágrimas falsas, cuja hipocrisia ela acentuava com um dedo que as seguia, enquanto rolavam por suas faces.

Quando o marido e futuro corno sai de cena, a mulher faz um gesto obsceno com o dedo indicador para cima e grita:

— "Vai para o raio que te parta. Vai e não voltes; some como fumaça."

Entre as bambolinas, Nico Santos nota que, na primeira fila, o tenente Bruna balança com impaciência o pé da perna direita cruzada sobre a esquerda e levanta a falda da túnica púrpura de sacristão para enxugar o suor da testa.

VINTE E OITO

A frase favorita de Bettini era de Albert Camus: "Tudo o que sei da vida aprendi jogando futebol como goleiro. Especialmente que a bola nunca chega aonde a gente está esperando."

O homem de rosto sisudo, eleito ali mesmo pelos representantes dos partidos para ser o porta-voz de todos, autorizou o embaixador a pôr mais uma pedra de gelo em seu uísque e depois levantou o copo à altura dos lábios.

— Acho que Olwyn se enganou, Bettini. O senhor já não é o melhor. Foi o melhor.

— Achou a campanha tão ruim assim?

— Inofensiva como água com açúcar. Esse pretensamente irônico desfile dos comandantes com a valsinha de Strauss ao fundo torna os militares até que simpáticos.

— Então não vai aprová-la?

— Uma valsinha de Strauss! Não temos mais tempo para mudar nada. Estamos fodidos.

— Uma valsinha de Strauss... — repetiu Bettini passando o copo de uísque na testa para amenizar o calor.

— Eu esperava que Troia ardesse: que atacasse Pinochet com a questão dos presos desaparecidos, dos direitos humanos, das torturas, do exílio, do desemprego... E você nos vem com uma piadinha aqui, outra piadinha acolá... E a valsinha de Strauss! Me diga, Bettini...

— Senhor...?

— ... Cifuentes... Em que momento perdeu a bússola?

— Realmente não sei. Fiquei tantos anos sem trabalhar...

— Pinochet pode ganhar o plebiscito porque tem colhões. Você, aparentemente, só tem canções.

O publicitário murmurou algo em uma voz tão baixa que Cifuentes foi obrigado a se inclinar para conseguir ouvi-lo.

— O que disse, senhor Bettini?

— Canções e clavículas quebradas.

— Não diga besteiras, homem.

O embaixador abraçou os dois e levou-os à sacada. Pela avenida Vicuña Mackenna, o trânsito avançava com dificuldade.

— Que desastre! — exclamou o embaixador. — Parece que os semáforos desta rua só têm luzes vermelhas.

VINTE E NOVE

Arranco a folha do calendário. O mês que começa está repleto de feriados. As Festas Pátrias, o Dia do Golpe, o Dia do Exército. No rádio dizem que no mês da pátria os presos serão anistiados. Talvez soltem meu velho.

Falta pouco para o plebiscito.

O pai de Patricia muda de escritório a cada três dias. Tenta evitar que roubem a fita gravada com a campanha contra Pinochet. Quer manter as imagens em segredo para que os publicitários do "Sim" não possam reagir.

Estamos na aula de desenho. A professora acabou de falar dos girassóis amarelos de Van Gogh. Diz que as cores despertam sensações, estados de espírito. A azul é a mais triste de todas. É uma cor fria, como o verde. As outras são quentes. Estamos em silêncio com nossas aquarelas, pintando alguma coisa que evoque uma emoção. No outro lado da página temos de escrever o que pretendíamos com o desenho. Espio o trabalho de Che. Trata-se da cordilheira, mas em vez de neve ele colocou nos cumes anjos sacudindo as asas. Não sei aonde quer chegar.

Eu não tenho onde me perder. Atrás escrevi: "Alegria", e na frente estou pintando um arco-íris.

Entra o inspetor Pavez. Temos instruções de ficar em pé sempre que chega uma visita. Mas o inspetor nos indica com as mãos que devemos permanecer sentados. Alguma coisa na direção de seu olhar me leva a intuir que não devo me sentar. E é isso mesmo, pois diz com sua voz rouca:

— Santos.

Sei o que todos os meus colegas de sala estão pensando. Sei que se lembram do dia em que levaram meu pai. E sei que sabem que agora vão me levar. Papai tinha razão. Não devia ter me metido em confusões. Fui estúpido ao fazer meu discursinho diante do tenente Bruna. O inspetor tem expressão grave. Uma seriedade fúnebre. Agora temo que tenham encontrado meu pai. Temo que o tenham encontrado morto e que é isso o que o diretor vai me dizer, daí a cara de Pavez com a mandíbula apertada.

Os meninos se sentaram, menos Che.

— Vou com você.

Passa a mão no meu ombro e aperta meu braço. Sinto a garganta áspera. Olho nossos desenhos em cima da mesa e fico sem saber se devo guardar meu material na mochila antes de sair. Tudo é tão terrivelmente lento: eu não quero partir e, ao que parece, o inspetor Pavez quer adiar o momento de me levar à diretoria.

— De que se trata, inspetor? — pergunta suavemente a professora de desenho.

O homem não responde e dá um tapa no ar, ordenando que me apresse. Opto por deixar tudo como está.

— Por que você colocou anjos em lugar de neve, Che? — pergunto me soltando de seu abraço.

— Precisamos de loucos.

Vira rapidamente as páginas de seu caderno de desenho e na maior parte delas há um anjo. Às vezes voando, ou deitado, ou sentado na sarjeta, ou com uma galinha nas mãos.

TRINTA

Enquanto entrava no carro levando de volta o vídeo que seria o primeiro programa da campanha do "Não", Bettini duvidou que conseguisse coordenar bem os movimentos. Os drinques em excesso não eram nada comparados ao sismo que percorria seu corpo. Quer dizer que os delegados políticos achavam que sua campanha era inofensiva, um simpático comentário de pé de página, uma mosquinha morta, um chazinho lavado de velhas?

Todas as noites de insônia e fúria contra o piano para parir "alegria" não tinham levado a nada além de sorrisos irônicos dos homens que o haviam contratado.

Se o arqui-inimigo ministro do Interior conseguira que lhe quebrassem a clavícula, seus próprios clientes lhe haviam quebrado a alma.

Sentiu espasmos de soluço no estômago. Olhos inchados. A chuva era o fiel cão acompanhante dos mendigos. Sentiu pena de si mesmo. Abraçou-se a sua autocomiseração.

Esse "Não", que deveria ser seu reencontro com a criação, começava ser uma carta de despedida. Seu pai lhe ensinara a não depositar esperanças demais em nada, a não fazer a vida atual depender do resultado de algum empreendimento. "Pense sempre que vai perder." Filosofia totalmente diferente da adotada por sua esposa Magdalena e suas amigas: conselhos para melhorar a digestão, autoajuda, budismo na vida cotidiana, zen para cá, zen para lá. Quem tem maus pensamentos atrai coisas ruins. De quem pensa positivamente a felicidade se aproxima mexendo o rabinho. Acreditara no *fucking* "Não" como no anjo da guarda quando era criança. Delegara a ele sua proteção, seus anseios. Havia remado contra a sensatez e sua certeza de que daquela vez Davi não venceria Golias. De que a força da poesia era menor do que a do pulmão de um canário e, portanto, não conseguiria ferir o ogro.

O pensamento poético de Magdalena era puro *wishful thinking*. A maré da ditadura havia atirado sobre as rochas e as praias nada mais que detritos de naufrágios: Raúl Alarcón e seu *partner* Strauss; Olwyn, convencido por sua boa-fé de que poderia chegar a ser o rei da liberdade; seu sonho — o arco-íris desprendido do céu — era a premonição de um cataclismo, e não um hino de vitória.

Pôs a chave na ignição e sentiu que o gás do cano de escapamento entrava no habitáculo por algum dos vários orifícios de sua velha carroceria. O cheiro de Santiago estava ali, animalzinho impreciso duplicando-se no chuvisco alentado pelos faróis dos automóveis que avançavam com dificuldade na hora do *rush*, mordendo os pneus recauchutados até a ignomínia.

A primavera logo chegaria, mas não a dos poetas. A maldita primavera da canção de rádio.

A primavera de setembro dos militares que haviam dado o golpe numa terça-feira 11 e que agora — quando chegasse o plebiscito de outubro — veriam limpar-se magicamente as manchas vermelhas de suas fardas. Pinochet venceria confortavelmente e continuaria flagelando o país, incólume, morrendo de rir. Seus almirantes ergueriam mais uma vez taças de champanhe borbulhante.

E o povo apontaria o dedo para ele.

Tal como no poema de Frost, Adrían havia enveredado pelo caminho menos transitado, e este desembocou na originalidade, mas também no abismo.

Sua campanha pelo "Não" e pela alegria não animava ninguém!

Aliviado, o ministro do Interior autorizaria sua exibição na tevê, graças ao inofensivo coro do futuro prêmio Nobel Raúl Alarcón. Aquela "valsinha" havia aguado o pavio explosivo que o povo esperava ver aceso na breve vitrine de quinze minutos. Inocente humor em um país que derramara sangue tentando conquistar a liberdade!

Inofensivo.

Ao chegar à esquina, levou instintivamente a mão ao nariz, para cobrir um espirro. Esse segundo foi suficiente para que seu carro batesse no veículo da frente. Não havia sido grande coisa, apenas mais uma ferida no velho Fiat, um arranhão a mais na vida, em nada comparável ao amassado maior em sua alma.

Da resignação fatalista ele pulou para o pânico ao descobrir que o veículo por ele atingido era um furgão dos carabineiros.

Numa lufada de lucidez, escondeu a fita U-Matic com a campanha do “Não” embaixo do assento do motorista e girou, resignadamente, a maçaneta que abria sua janela.

As buzinas dos motoristas impacientes com aquele novo engarrafamento se amplificaram através da janela aberta. Aquilo fazia seus nervos estalar, justamente naquele momento em que precisava de calma, sensatez, sagacidade. Têmpera. Bom humor.

Ali estava agora o carabineiro e seu característico excesso de formalismo lhe ordenando, azedo:

— Seus documentos.

Ao enfiar a mão no paletó para pegar a carteira veio junto o convite para o ato cultural da embaixada argentina. Sentiu que havia ali a possibilidade de uma escapatória, um breve estratagema para amortecer o golpe que viria.

Entregou o convite com o brasão da Argentina. Depois de examiná-lo com má vontade, o policial o devolveu com indiferença.

— Seus documentos, senhor.

— Sim, sim, tenente — disse Bettini, procurando na carteira. Enquanto o fazia, como se estivesse exibindo um absurdo salvo-conduto, acrescentou: — Saiba o senhor que venho de uma recepção na embaixada argentina. Logo ali. A duas quadras. Na Vicuña Mackenna. Uma recepção do senhor embaixador.

O fardado pegou os documentos, protegendo-os do chuvisco com a mão esquerda.

— Seu nome é Adrián Bettini?

— Sim, tenente. Estou vindo de uma recepção na embaixada argentina. A embaixada da irmã República Argentina.

— Desligue o motor e desça.

— Pois não. Não sei como este lamentável acidente aconteceu. O asfalto molhado...

— O asfalto está molhado para todo mundo. Só o senhor bateu.

— Sim, senhor oficial. É que eu vinha de uma recepção na embaixada argentina...

— Consumiu álcool?

Tentou, absurdamente, cobrir o hálito. E, também absurdamente, respondeu:

— Acho que não.

— Vai ter de me acompanhar ao posto policial, cavalheiro.

Outro policial desviou o trânsito para um lado e indicou a Bettini que estacionasse o automóvel em cima da calçada.

— Vai em cana. Dirigir sob efeito de álcool e avariar veículo público a serviço das Forças Armadas e da Ordem.

Depois de estacionar o automóvel ao lado de um plátano oriental, Bettini desceu do carro, trancou-o e quis guardar as chaves no bolso. O carabineiro segurou seu pulso.

— Eu fico com as chaves.

— É que...

— É que o quê?... Tá achando que os carabineiros vão roubar seu carro?

Não podia dizer o quê.

Ali estava a campanha do "Não", que em poucos dias seria apresentada a todo o Chile. Para sua humilhação. Para seu enterro. Seu apocalipse.

Para que dizer alguma coisa?

— Estou vindo de uma recepção na embaixada argentina...

TRINTA E UM

O inspetor me deposita diante da secretária do diretor, como se fosse um pacote do qual quer se livrar depressa. Sem se despedir, sai da sala. A porta fica aberta e posso ouvi-lo subir correndo a escada até o segundo andar. A secretária aperta um botão e se comunica com o diretor. Só diz uma palavra:

— Santos.

Com um gesto, indica que devo entrar.

Entro naquele recinto que só me traz más recordações. Estive ali duas vezes. Fui suspenso por mau comportamento, e a mais alta autoridade do colégio me comunicava: "Volte com seu responsável." A outra havia sido por notas baixas em química.

“Ácido sulfúrico. Escreva a fórmula, Santos, cem vezes no caderno.” “Água, professor! H_2O! Me dê um tempo, professor Guzmán.” “Só não o expulso porque é filho do professor Santos.”

“Nunca mais, diretor.”

“Vou estudar. Prometo.”

Hoje a sala me parece ainda mais escura e fria que naquelas ocasiões. O aquecedor a parafina está desligado. As cortinas caem, espessas. As pinturas a óleo do rosto dos próceres que estudaram em nosso liceu parecem ainda mais antigas. Cores frias. Muito preto, e marrom, e azul, e verde.

O diretor está sentado atrás da mesa e parece desenhar alguma coisa num papel. Provavelmente está enchendo a página com círculos de vários tamanhos. É a mesma coisa que faço às vezes. Como quando a gente fica à toa, esperando alguma coisa.

Na poltrona de couro, larga, macia e gasta, arranhada por um gato, vejo o tenente Bruna. Seu quepe está cuidadosamente colocado sobre os joelhos colados. Com disciplina.

Ninguém fala.

Não me cumprimentam.

Eu também não digo nada.

— Faz frio lá fora — comenta o diretor.

Como se quisesse confirmar, vai até a janela e levanta um pouco a cortina. A breve luz que se filtra por alguns segundos passa como uma lufada diante do rosto do militar, que olha absorto a ponta de suas botinas. Ainda há um silêncio que suporto esfregando as coxas.

— Sim, faz frio — repete o tenente depois de uma eternidade. — Trouxe seu casaco, Santos?

"Vão me levar", penso. As lágrimas inundam meus olhos. Por mim. Mais do que por mim, por meu pai. As lágrimas não caem.

— Santos — diz o tenente ainda olhando para baixo. — A vida é difícil para todo mundo. Para os militares. Para os professores. E também para os alunos. Compreende?

Compreendo, mas não sei o que está querendo me dizer. Quer me dizer que vão me levar? Minha jaqueta de couro está pendurada num gancho na sala de aula. A jaqueta de couro preta. Por ela escorregam as gotas de chuva. Gosto de como me vejo nela. Gosto quando, brincando com Patricia Bettini, ela me bate nas costas e ouço "*tchas*".

Agora ouço a ponta da esferográfica do diretor riscando a página. Estamos os três aqui, dançando o silêncio. Como quando alguém morre e pedem um minuto de silêncio. Passa um ônibus com o escapamento quebrado e depois se afasta. Novamente o silêncio. Inflado.

— Eu... — diz o tenente Bruna.

E se interrompe.

Dá um pulo feroz e me abraça. Depois me afasta e exibe seu rosto. Está triste. O tenente Bruna está tristíssimo. Meus joelhos tremem. Quero perguntar o que está acontecendo, mas minha garganta está sem som.

"Meu pai", penso.

O militar limpa o nariz e recobra a postura. Abre a porta e pede à secretária que vá a minha sala e traga a jaqueta.

— Uma preta. De couro — acrescento.

— Preta. De couro — completa ele também.

Lá fora há um jipe com o motor ligado. O motorista é um soldado com farda de combate. Dessas que se metamorfoseiam com a cor do deserto. Como nos filmes.

Levanto a trava metálica. O frio se concentra em meu queixo. O jipe não tem capota. Amanhã tenho prova de história. Não consigo estudar. A média das minhas notas no secundário está fraquinha. Defendo-me em inglês, filosofia e castelhano. A professora de desenho vai com a minha cara.

No sinal da esquina, o jipe freia. Não acredito. Patricia Bettini e Laura Yáñez estão atravessando a rua juntas. Abraçadas. Parecem felizes. Não sabem nada do que está acontecendo comigo. Pergunto-me se Santiago sempre foi triste assim. Não as chamo. Não as chamo de jeito nenhum. Morreriam se me vissem neste jipe militar.

O tenente Bruna esfrega um pouco o rosto. O frio ataca com força.

Subimos pela Recoleta, pegamos o Salto e desembocamos em um bairro cheio de terrenos baldios.

O jipe chega a uma zona isolada por um caminhão de militares. Também estão lá dois fotógrafos com credenciais envoltas em plástico e pendentes sobre o peito. E um padre tomando café num copo de plástico. As pessoas estão encostadas na parede de suas casas, ou sentadas no degrau da entrada. Ao longe giram as hélices de um helicóptero. Os soldados rasos levantam as faixas de plástico branco e vermelho quando veem que o tenente Bruna está vindo.

Ele não responde à continência. Eles lhe indicam um poste de iluminação a alguns metros de distância. Puro cimento frio. Alto. A luz está apagada. Há muitas nuvens brancas, com alguns retalhos de turbulência negra de vez em quando.

Chegamos ao poste. Com um gesto rude, um policial civil que usa uma espécie de insígnia na lapela indica a Bruna, estendida no chão, uma lona grossa que está cobrindo alguma coisa. O tenente lhe ordena com um movimento do queixo que a levante. O agente obedece, afastando a lona em toda a sua extensão. É o corpo de um homem.

O professor Paredes.

Seus olhos estão fechados e ao redor de seu pescoço há um ou mais lençóis manchados de sangue.

— Degolado — diz o homem da insígnia ao tenente Bruna.

Não consigo dizer coisa nenhuma. Não posso respirar. Sinto um jato entre as pernas. Dobro-me sobre o ventre e caio de joelhos.

O tenente Bruna passa a mão nos meus cabelos.

— Fiz o que pude, rapaz — ouço-o dizer. — Você me pediu e Deus sabe que fiz tudo o que pude.

TRINTA E DOIS

Sentiu familiaridade com o repertório dos "detidos". Um bêbado deitado num banco de madeira, um estudante sangrando por causa de um golpe de cassetete, a ambulante sem licença para vender, o dirigente sindical algemado.

Duas horas sem que nenhum funcionário desse início a qualquer procedimento. De vez em quando aparecia um oficial, lançava um olhar ao grupo e desaparecia em alguma sala dos fundos. A prisão era sempre assim. A sensação de um tempo infinito, improdutivo. Uma antessala do incerto. Esse intervalo que se infla de desolação. A espera humilhante. Tempo para imaginar os entes queridos inquietos por sua ausência. O fardado de plantão datilografando numa velha máquina Remington algum relatório que meses mais tarde talvez seja lido por um juiz local.

Da última vez que o prenderam queriam lhe dar um bom escarmento. Havia se metido numa manifestação de rua contra o aumento das tarifas do transporte para resgatar uma jovem que estava sendo arrastada para um furgão da polícia por agentes à paisana. Sem estar organicamente ligado àquele ato, obedecera ao impulso de seu coração, e no interrogatório não soube dar nomes de contatos nem endereços dos revoltosos do movimento, porque simplesmente os ignorava.

Às vezes seu maldito coração o fazia andar, imprudentemente, mais depressa do que a cabeça.

Em outras ocasiões sua língua disparava com as verdades que a queimavam. E ele as dizia, mesmo sabendo que sofreria as consequências. Em todas essas ocasiões havia sido ele, somente seu próprio corpo, que estivera em jogo. Mas agora tudo podia desembocar numa catástrofe que envolveria muita gente: se as imagens da campanha do "Não" chegassem às mãos do ministro do Interior, não só poriam em risco as pessoas que haviam mostrado a cara cantando e criticando o ditador, como também denunciariam o caráter de sua campanha a seus rivais do "Sim a Pinochet": eles ganhariam tempo para projetar um antídoto e uma estratégia que anularia as improváveis virtudes comunicacionais que sua ingênua obra pudesse ter.

Sentiu-se um traidor por ter bebido na embaixada, sabendo que carregava a fita U-Matic no carro.

Explicável, porque estava nervoso, irritado, inseguro. Ia mostrar pela primeira vez sua obra magna aos dirigentes políticos do "Não" e temia o veredito deles. Estava tão brutalmente destreinado! Em que maldita hora havia sucumbido, contra toda análise ou lógica, à vaidade de cair na tentação de... salvar o Chile! Corrigiu esse pensamento patético. O Chile não havia sido salvo pelos mártires dos movimentos de resistência, nem pelos militantes disciplinados, nem pelas centenas de milhares de amantes da liberdade que aqui e acolá enfrentavam a repressão, e ele, o sumo pontífice dos néscios, havia aceitado dirigir essa campanha que, em vez de levá-lo à glória, o conduziria ao inferno.

Carente de ideias, entregara-se aos delírios de um ser microscópico: o tal do Raúl Alarcón, com sua "Valsa do Não".

Agora seu desastroso vídeo podia cair nas mãos do inimigo.

O fator azar. Bateu. Mas bateu num furgão de carabineiros! Com um pouquinho de animosidade, revisando sua ficha de prisões e invocando sua incendiária "Valsa do Não" no vídeo, os carabineiros poderiam entregá-lo aos agentes da inteligência, que lhe aplicariam a Lei Antiterrorismo.

A outra clavícula.

Talvez o fêmur.

E isso se tivesse sorte.

Um oficial de patente superior chegou da rua, fazendo as chaves de seu carro soar como se fossem castanholas.

— Bettini! — chamou.

O publicitário se levantou com o coração apertado. Aquelas chaves... O ruído daquelas malditas chaves reunidas num chaveiro artesanal que sua filha Patricia lhe dera em Natais passados era, provavelmente, a campainha no ringue que preludiava o início do assalto e o nocaute que viria a seguir.

— Sou eu, capitão — ouviu-se dizer entre rouco e servil.

O fardado voltou-se para um soldado raso, tão jovem que poderia ter a mesma idade de Nico Santos, o namorado de sua filha.

— Reviste-o.

O carabineiro aproximou-se, começou a esquadrinhá-lo e colocou numa bandeja de plástico preto todo o conteúdo dos bolsos do paletó e das calças de Bettini. Com os braços erguidos, o publicitário foi vendo os objetos, um a um: a carteira, sua adorada caneta Montblanc, um lenço não usado, moedas de cem pesos, um pente a que faltavam vários dentes, algumas balas de menta, outras de limão e umas folhas de papel dobradas em quatro.

Bettini não conseguiu identificar os papéis. O que era aquilo?

Quando o policial pôs a bandeja diante do capitão, foram justamente aqueles papéis que chamaram sua atenção. Desdobrou-os, leu o primeiro, aparentemente pulando as linhas e, depois de alisar o resto contra a sarja da farda, dirigiu a Bettini um olhar cheio de intenções.

— Estamos com um peixe gordo nas mãos.

— Perdão, capitão?

O fardado discou devagar e com deleite um número de telefone e, enquanto esperava ser atendido, afastou o fone do ouvido para compartilhar a espera com todos os presentes. Quando atenderam, disse com expressão alegre, sem parar de observar o detido:

— Aqui é o capitão Carrasco. Preciso falar urgentemente com o ministro Fernández. Minha senha é "R-S-C-H Carrasco Santiago".

Ampliou o sorriso enquanto passava os olhos pela segunda folha do maço de papéis.

— Doutor Fernández, perdoe a hora, mas creio que tenho em mãos uma coisa que pode interessá-lo.

— De que se trata, Carrasco?

— Detivemos por uma infração de trânsito certo cidadãozinho — olhou para Bettini, que enxugava o suor com a manga do paletó —, que está aqui na minha frente muito nervosinho. Imagine que, quando fizemos o controle de rotina, descobrimos uns papeizinhos que podem ser muito interessantes para o senhor, por isso tomei a liberdade de ligar.

— Fez bem. É algo que diga respeito ao Ministério do Interior?

— Posso ler o que tenho aqui, senhor ministro?

— Por favor.

O capitão pigarreou e sem ênfase especial leu, com monotonia, as linhas do documento:

É tão belo dizer que não
quando todo o povo pediu,
é tão belo dizer que não,
quando o tens no coração.
Com o arco-íris nos confins
até os delfins vão dançar.
O "Não" tem emoção,
colore
a insurreição.
Por isso, meu amor, sem hesitação,
vamos dizer que não, oh, oh.

Tantas vezes busquei na vida
uma palavra sentida para a liberdade,
tantas vezes vi a ferida
de minha gente mergulhada na adversidade.
Nunca acreditei que o destino
teria o ritmo de uma canção,
mas hoje não tenho dúvidas,
é água pura de minha convicção.
Por isso, meu amor, sem hesitação,
Vamos dizer que não.

Não, preciosa joia,
onda do meu mar,
nuvem do meu céu,
fogo que canta,
não, meu belo amante

de olhos acesos,
neve do meu sonho,
cordilheira do meu vinho,
não me digas nada mais,
pois sobram vocábulos.
Só diz a palavra "Não"
e estaremos juntos no outro lado.

O capitão Carrasco ficou mexendo ritmicamente o queixo, como se estivesse contagiado pelo ritmo do texto. Bettini sentiu que a palidez de seu rosto estava sendo substituída agora por uma vergastada de rubor. Ouvir a letra que fizera para a canção que seria apresentada no último dia da campanha foi o mesmo que ouvir uma sentença de fuzilamento. Achou horrorosa cada imagem daquelas estrofes que menos de uma hora antes — antes de *todos* os desastres — lhe pareciam luminosas, versos que interpretariam os chilenos de todas as idades, os amantes do mar e das montanhas, os apolíticos e os indecisos. Por que sucumbira àquele disparate adolescente da filha, quando ela tentou convencê-lo de que era necessário cantar "é tão belo dizer não", a ele, que nunca na vida usara, como todos os jovens chilenos, nem sequer a indispensável muleta "*sacou?*" para perguntar se haviam sido compreendidos.

Sacou?

Não, Adrián Bettini, santo pai dos ingênuos, disse a si mesmo. Não havia sacado nada. Se ouvir a letra de sua canção na boca de um policial hábil em dar ordens, mas inepto na pronúncia de metáforas, já o sepultara na mais profunda humilhação, não imaginou que o inferno sempre tem outro subsolo, outro círculo, companheiro Dante, sob o qual se pode continuar descendo infinitamente.

Carrasco estava agora tão amável que aumentou ainda mais o volume do amplificador para que ele pudesse ouvir "ao vivo e em cores", do próprio ministro do Interior, o comentário a seus versos, que veio precedido de uma risada displicente.

— Na verdade, muito interessante o material, Carrasco.

— Do ponto de vista policial ou poético, ministro?

— De ambos. Diga-me, capitão, como se chama o Neruda que o senhor mantém atrás das grades?

O fardado tapou o bocal do telefone e, levantando o queixo, dirigiu-se ao publicitário.

— Como é que *cê* se chama, babaca?

— Bettini, Adrián Bettini.

— Diz que se chama Adrián Bettini.

No outro lado da linha houve um silêncio e depois explodiu uma alegre gargalhada.

— Não me diga que você está com o Adrián Bettini em pessoa!

— Quem é ele, senhor ministro?

— O chefe da campanha "Não a Pinochet".

— É perigoso?

— Imagine! Com esses versinhos não vai entusiasmar ninguém.

— Mesmo falando da insurreição aqui no panfleto? Dou uma apertada nele?

— Não, homem. Por motivo nenhum. Não toque nele nem com uma pétala de rosa. Estamos numa democracia. Bettini pode escrever as bobagens que quiser.

— Mas contra meu general!

— Mesmo que seja contra o nosso general. Democracia, capitão! Um simples exagero das estatísticas. Os votos dos imbecis valem tanto quanto nossos votos.

— E então?

— Devolva-lhe os papeizinhos e deixe-o ir.

— E o que devemos fazer com o carro dele? Deu uma tremenda batida no furgão da polícia.

— Mande-o consertar na oficina do grupo móvel da rua Carmen. Eles lá têm um funileiro que faz maravilhas.

— E a conta?

— Mande ao ministério, Carrasco. Diga a Bettini que é uma gentileza da casa.

— Sério, ministro?

— Sério, homem.

— Então deixo ir embora! Assim, sem mais nem menos?

— Sem mais nem menos. Mas, se quiser, mate a vontade e dê um pontapé na bunda dele.

Quando desligou, Carrasco coçou, pensativo, a têmpora esquerda. Fez soar mais uma vez as chaves do carro e atirou-as a Bettini, que as agarrou no ar.

— Pode ir, poeta.

— Posso levar o carro?

— Leve a merda do seu carro, babaca.

— Obrigado, capitão.

Avançou até a porta e o jovem carabineiro bateu continência para ele, levando dois dedos ao quepe.

— Escute! — gritou de repente Carrasco. — Essa história de escrever que o "Não" é seu belo amante... Você é bicha, certo?

Bettini abaixou a cabeça e a enfiou entre os ombros. Não respondeu nada. Por um segundo achou que não teria sido tão ruim se o capitão Carrasco realmente lhe desse um pontapé na bunda.

Merecia muito mais do que isso.

TRINTA E TRÊS

Hoje à noite será exibido o primeiro capítulo da campanha do "Não".

Amanhã de manhã será o sepultamento do professor Paredes.

A caminho do cemitério algumas pessoas se aproximam para depositar flores sobre o ataúde. Uma delegação da Scuola Italiana chega num ônibus amarelo. As meninas usam uniformes.

Atrás do grupo, carregando uma coroa de crisântemos, vai Patricia Bettini.

A imprensa noticiou o assassinato de manhã, com manchetes.

Faz sol pela primeira vez este mês.

O professor de filosofia Valdivieso traça uma breve biografia do professor Paredes. Evoca seus feitos pedagógicos e teatrais.

Fez *Fuenteovejuna* e *Peribáñez*, de Lope de Vega, *A vida é sonho*, de Calderón de La Barca, *Mãe coragem*, de Brecht, e *Macbeth*. Dirigiu *A morte do caixeiro-viajante*, de Arthur Miller, e *O encarregado*, de Harold Pinter.

Não conta que ia encenar *O senhor Galíndez*, de Pavlovsky.

Diz que dom Rafael Paredes morreu em circunstâncias trágicas.

Não diz que foi degolado pelos agentes da CNI.

Exatamente hoje teríamos a prova de Shakespeare.

Tenho as *Obras completas* inteiramente sublinhadas.

Os alunos do colégio cantam "Durma em paz".

Que a terra o cubra com amor.

Patricia mantém a cabeça baixa. Não devia ter vindo. Dói-me tudo o que lhe dói. Tudo me dói duas vezes. Também vejo a viúva do professor. Dona María está muito pálida. Percebe-se que a maquiagem que lhe fizeram borrou-se com as lágrimas. Olha para o sol enquanto Valdivieso fala.

Tenho de ser firme e não consigo.

Olho para o sol com dona María. Escolheram Valdivieso para fazer o discurso porque todos os professores estão arrasados. Feitos merda.

Sinto falta de papai. Dona María tem os restos mortais do professor Paredes, e a única coisa que eu tenho é a ausência de meu pai. Não é a única coisa. Também tenho esperança.

Voltarei a vê-lo com seus cigarros fortes e a cinza caindo nas lapelas?

Chupo o nariz. Meu pai não é um preso desaparecido.

Não pode ter se enganado. O silogismo "Baroco". Há testemunhas. Mais de trinta garotos da escola.

Lógica. Meu pai é um mestre da lógica. Não podem negar que o prenderam. Têm de devolvê-lo.

Meus telefonemas não serviram para nada. Os homens no outro lado da linha me dizem para ter paciência. Que estão fazendo gestões. Um deles se chama Samuel, embora me diga que esse não é seu nome verdadeiro. Samuel diz que o caso de meu pai é prioridade número um. Que está fazendo tudo o que pode. O tenente Bruna também fez tudo o que era possível pelo professor Paredes.

Estou autorizado a falar em nome dos alunos. Dos atores de *A caverna de Salamanca*.

Os quatro protagonistas de *O senhor Galíndez* sumiram de casa.

Não vamos voltar a apresentar o entremez de Cervantes. Não há clima. Quando estreamos, tínhamos esperança de que dom Rafael aparecesse. Agora temos certeza. E raiva. E desalento.

Esta noite começa a campanha do "Não" na televisão. Vou vê-la na casa do senhor Bettini. Vão fazer *spaghetti alla puttanesca*. À maneira florentina. Ou seja, com muita azeitona e azeite de oliva. Agora não posso chorar. Não posso ser mais fraco do que a viúva. Não posso fraquejar diante de Patricia Bettini, que sustenta a coroa de crisântemos sem levantar os olhos.

Valdivieso termina seu discurso. Dobra os papéis. Enfia-os no paletó e me faz um gesto com a mão esquerda para que me aproxime do pódio. Tenho Shakespeare numa das mãos e na outra uma borracha que aperto e solto, que aperto e solto. Olho para o público. Há mais de cem pessoas. São quase todos adultos. Cinco professores.

Alguns colegas. Os poucos que tiveram autorização dos pais para vir. A delegação da Scuola Italiana é formada por sete jovens. Trazem um homem magro e alto que já vi na casa de Patricia. É o cônsul. O senhor cônsul Magliochetti.

Agora todos têm um amigo diplomata.

Para qualquer eventualidade.

Quanto aos outros, não faço ideia. Parentes, imagino.

Devia ter trazido uma garrafinha de água. Faz tempo que estou pigarreando.

Patricia levanta a cabeça. Olhos cor de café. Cabelos castanhos. "Imagine" de John Lennon. Mataram John Lennon. O cara que o matou andava com *O apanhador no campo de centeio*, de Salinger. Só existe uma foto de Salinger. Não queria ver ninguém.

O professor Paredes me ensinou uma técnica de oratória. Antes de mais nada, "plantar-se" diante do público. Com autoridade. Mesmo que você seja um fedelho, precisa se ver gigantesco.

Respire fundo, segure o ar e solte-o lentamente. Tente manter o ar no abdome. Para que não lhe falte na metade de uma palavra. E, antes de dizer qualquer coisa, use todo o tempo do mundo para fitar o público. Não um olhar como o rápido adejo de um pássaro assustado. Olhe-os nos olhos. Não se apresse nem se demore. Evite prólogos e lugares-comuns. Se disser "serei breve", já estará alongando desnecessariamente seu texto. Um discurso é feito de palavras e silêncios. Esses silêncios — disse o professor Paredes — são eloquentes. Às vezes é preciso dizer palavras só para ouvir o silêncio. Há maneiras e maneiras de calar.

— Às vezes é necessário dizer palavras só para ouvir o silêncio — digo agora em voz alta. — Há maneiras e maneiras de calar. Há maneiras de dizer calando. Às vezes a única maneira de dizer é calar o que todos entendemos que deveria ter sido dito.

"Querido professor Paredes: hoje tínhamos uma prova sobre Shakespeare. *Hamlet*, *Júlio César* e *Macbeth*. Sublinhei todas as falas do "tio Bill" que mais chamaram minha atenção. Poderia ter tirado uma nota 7. Vou ler uma só:

"'*I have neither wit, nor words, nor worth, action, nor utterance, nor the power of speech, to stir men's blood: I only speak right on; I tell you that which you yourselves do know. Show you sweet Caesar's wounds, poor poor dumb mouths, and bid them speak for me: but were I Brutus, and Brutus Antony, there were an Antony would ruffle up your spirits and put a tongue in every wound of Caesar that should move the stones of Rome to rise and mutiny.*'

Perdoem-me por não traduzir, mas não quero ser preso."

Não posso acreditar no que disse.

Não tinha pensado no final.

Acelerei lendo o discurso de Marco Antônio. "Poria em cada ferida de César uma voz que moveria até as pedras de Roma à insurreição e ao motim."

O tenente Bruna não veio, mas quantos dos que estão aqui com cara de parente são agentes? Olhar para o público. Para todos e um a um. Não sabem que estou tremendo. Fedelho. Gigante.

Fecho o livro e me afasto do microfone. Silêncios e silêncios. Vários tipos de silêncio. Um último olhar. Para Patricia Bettini. Para o cônsul da Itália. Para o fundo.

Um velho levanta com as duas mãos uma bandeira vermelha sobre a cabeça. Che puxa outra, amarrada numa vara, e a agita. A professora de desenho levanta a sua. Cinco ou seis adultos desconhecidos levantam bandeiras e as fazem flamejar na brisa. O diretor não se dá conta. O diretor faz de conta que não se dá conta. O tenente escusou-se de vir "por decoro". Agora há outro tipo de silêncio. O silêncio que permite sentir os golpes das bandeiras vermelhas contra o ar.

Uma única bandeira é diferente de todas as outras: a que Patricia Bettini levanta agora. Uma bandeira branca com o desenho de um arco-íris.

TRINTA E QUATRO

"Tarde demais para qualquer coisa. As cartas estão na mesa, amigo Bettini. Vamos apresentar o que você tiver. Iremos à luta com o que está dado. O que está feito está feito, mesmo que seja uma *paiaçada*", provocou-o Olwyn com um sorriso desanimado.

Atendendo às determinações legais vigentes, devemos esta noite apresentar em todas as emissoras de televisão do país as imagens das campanhas das opções "Sim" e "Não". Desejamos-lhes um jantar tranquilo e agradável e um feliz retorno às nossas telas.

Entrada: tomates com azeite de oliva e queijo *mozzarella*. *Molto* italiano, Adrián. Vinho tinto cabernet. Segundo prato: *spaghetti alla puttanesca*. Leva azeitonas pretas, dentes de alho, molho de tomate ao vinho tinto salpicado de alcaparras, cebola e talharins *al dente*. Não tão moles que grudem nem tão duros que não absorvam o molho.

Pãozinho feito em casa: em forminhas, morno e crocante. Diante de cada prato, um potinho com manteiga.

Os comensais são quatro. O *champagne* é *extra dry* Valdivieso. Está geladinho, mas ninguém abre a garrafa. Desse grupo não sai nem um pinguinho de alegria. "O que vai brotar desta semente melancólica?", pensa Magdalena com o melhor de seus sorrisos. Seu esposo Adrián também sorri e Patricia acaricia os cabelos de vez em quando, acompanhando um pensamento que não leva a lugar nenhum.

Ninguém quer perguntar ao outro "em que está pensando".

Em poucos minutos as cartas serão distribuídas. A sorte está lançada, Adrián Bettini. Aquilo que sua inspiração pariu estará disponível para todo o Chile. Não faça cálculos muito negativos. Pense que o número de pessoas que vão votar no "Não" é grande. Quase a metade do país. Essas estão convencidas. Você ou a campanha do "Sim" podem fazer qualquer coisa, elas não vão mudar de posição. Seu papel é atingir aqueles que têm medo de ser filmados dentro das cabines de votação, de ser apunhalados em cima de seus votos, os indecisos que temem o caos e a desordem caso os militares se retirem. Por isso, Adrián Bettini, você tem de incentivá-los primeiro a ir votar e depois a votar "Não". Não revire o passado. O passado é pesado para todos. Dê-nos futuro, um ar transparente. Faça-os ver como será o Chile sem um ditador nas costas. Sem pavor de desaparecer. Um país sem degolados.

"Em vez disso", pensa Bettini, passando com um sorriso amável o azeite de oliva a Nico Santos, "faltei com respeito a todos eles. Banalizei com a 'Valsa do Não' a transcendência do momento histórico. Por que fiz isso?".

Nico agradece o azeite com um sorriso encantador. Ferido de morte. E Bettini também sorri.

— Você está triste, Nico.

— Estou, dom Adrián.

— Por que sorri, então?

— Eu? Deve ser por Shakespeare.

Patricia passa manteiga no pão. Imagina a cadeia de contatos que poderia causar um curto-circuito: Shakespeare, Marco Antônio no cemitério, teatro, *O senhor Galíndez*, o punhal, o professor Paredes, seu pai. O pai de Nico, Rodrigo Santos.

— Sirva-se de vinho. Shakespeare?

— Há um personagem em *Romeu e Julieta*, dom Adrián, que se chama Mercuccio. É o melhor amigo de Romeu. Um dia os dois estão passeando pelo mercado de Verona e aparece Tibaldo, o irmão de Julieta, um mentiroso que vive provocando os Montecchio. É chamado de *Gato* porque se gaba de ter várias vidas.

— Não me lembro dessa parte. Lembro da lua: "Não jures pela lua."

— Tibaldo começa a insultar Romeu e o desafia a desembainhar a espada. Mas, claro, o pobre Romeu está louco por Julieta e não vai travar uma luta mortal com o irmão da sua amada. E, claro, ele lhe diz, ouça, desculpe, mas eu tenho motivos para gostar de você que você nem imagina. Como o outro vai saber que Romeu está namorando sua irmã? E Tibaldo, quando ouve essa história de gosto de você, irmãozinho...

— Sirva-se de vinho.

Magdalena enche os cálices, mas ninguém toca neles.

— ... quando Tibaldo ouve essa coisa meio *soft* de "tenho motivos para gostar de você", começa a gozar da cara de Romeu, chamando-o de bicha, maricas, cagão, entende?, e Mercuccio, caramba, vê aquilo e cai matando, puxa a espada diante de Romeu e desafia Tibaldo a lutar com ele...

— Agora me lembro dessa parte — diz Adrián, espiando com o rabo do olho a contagem regressiva para a publicidade das campanhas no relógio eletrônico do Canal 13, agradecido por se distrair um pouco na Verona medieval.

— E aí é meio que começa o frege. Porque, para evitar que o irmão da sua garota e seu melhor amigo se matem, Romeu segura o braço de Mercuccio. E, claro, Tibaldo aproveita a oportunidade; vendo que o outro está indefeso, crava a espada em seu coração. O pobre Mercuccio cai sangrando no chão, e Tibaldo e sua patota dão no pé.

— Romeu deve ter se sentido o último dos homens — comenta Bettini, distante.

— Péssimo. E então se agacha perto de Mercuccio, que está morrendo, e pergunta... e pergunta... como você está? E sabe o que Mercuccio responde?...

— Diga.

— Mercuccio responde: "A ferida não é tão funda como um poço nem tão larga como a porta de uma igreja. Mas é suficiente. Pergunte por mim amanhã e lhe dirão que sou um túmulo."

— E você sorria por isso?

— Por isso, dom Adrián. O sujeito está prestes a morrer e ainda faz piada. O cara era totalmente louco.

— Você se lembrou disso.

— E quando o senhor disse... Quando o senhor disse...

Nico cobre o rosto com o guardanapo. As lágrimas explodiram de repente.

Patricia olha para Magdalena. Magdalena para Adrián. Adrián pega o cálice de vinho.

"*Fucking* Shakespeare", pensa.

TRINTA E CINCO

Se lhe perguntassem como tinha sido o jantar, Bettini não saberia o que responder. Nem sabia o que havia comido. Não era apenas sua sorte de publicitário requentado que estava em jogo, mas a de todo o país. Havia uma pequena fresta na caverna, através da qual a luz podia penetrar. Ele temia ter desperdiçado aquele aríete. Se o país inteiro estava estremecido pela violência, como a alegria poderia obter créditos para se tornar crível?

Fizera a campanha para a televisão sem responder a essa pergunta. Na verdade, proporcionar alegria de uma maneira tão descarada, com uma valsa de Strauss e uma coleção de delirantes dizendo "Não" em todas as cores, sem abrir espaço para sequer uma lágrima em suas imagens, quando era notório que naquele momento o Chile estava chorando, havia sido um desatino.

Entregara-se a uma ficção irresponsável. Uma saída desesperada. Tentou pular no abismo sem rede. Disse a Olwyn que Pinochet tivera o controle total dos meios de comunicação durante quinze anos para impor suas ordens nas telas de televisão. E a ele davam quinze minutos, quinze minutinhos, um punhado de segundos para fraturar de uma vez o sólido *panzer* da ditadura.

Não podia entrar em sutilezas. Eram quinze minutos contra quinze anos. E, desses quinze minutos, quase cinco estavam dedicados ao desvario da "Valsa do Não".

Na hora da sobremesa, o guardanapo do jovem Nico parecia o velame de um barco naufragado. Não quis consolá-lo. Ele mesmo gostaria de ser consolado. A impaciência o demoliu. Na tela corriam as imagens da campanha do "Sim": grupos terroristas encapuzados com bombas nas mãos atiravam pedras nas janelas dos carros: era a alegria do "Não" que estava vindo. O caos, a violação de adolescentes, crianças massacradas por um rolo compressor vermelho. Assim como ele apostava na mudança com as cartas da alegria, os publicitários de Pinochet encenavam o inferno da libertinagem.

Não quis esperar os poucos minutos que faltavam. Ver, ao lado da família, a exibição de suas imagens sem dúvida iria fazê-lo sentir vergonha alheia. Arrancou o guardanapo de Nico e atirou-lhe o seu. Pôs o pano molhado num dos bolsos do paletó e anunciou ao grupo que iria sair para dar uma volta.

— O que vai fazer? — levantou-se Patricia.

— O que estou dizendo. Dar uma volta.

— Mas papai. É seu momento de brilhar. Neste instante todo o Chile está grudado nas telas.

— Esse é o problema, meu amor: todos poderão ver que o rei está nu. Não tenho ânimo para um novo haraquiri.

— Papai, o que você vai fazer, de verdade?

— Dar uma volta!

Magdalena avançou sobre ele e desafiou-o a sustentar o olhar.

— Patricia tem razão. Aonde você vai?

Apertou o guardanapo molhado de Nico no bolso.

— Não vou me atirar no Mapocho. Nesta época do ano as águas não são muito caudalosas.

— E então?

— Vou dar uma volta, mulheres. Uma simples e atlética volta para respirar ar fresco.

Nico se levantou envergonhado e foi ao banheiro.

— Com licença.

Bettini o indicou, com uma piscada.

— É melhor cuidar dele. Neste momento ele não tem nem um cachorro que balance o rabo para ele.

Tinha vontade de fechar a porta com um estrondo, mas optou pela suavidade. Encostou-a como se estivesse se despedindo com um beijo.

Era uma noite fresca. Fechou o botão superior da camisa e olhou a lua fracionada pelos galhos das árvores. Seu bairro sempre havia sido Ñuñoa. Ele tinha o hábito secreto de sentir e admirar o velho calçamento. As velhas árvores cresciam ao deus-dará, inibindo com sua altura quem pretendesse podá-las. Respirava-se algo positivamente familiar naquela região de classe média. Sua rua ficava muito longe de supermercados, shoppings e pontos de ônibus das linhas principais.

Havia um armazém na esquina, onde o dono ainda pagava alguma coisa pelos cascos de garrafas de cerveja e refrigerante. E às crianças mandadas pelas mães para comprar pão ou azeite ele dava uma "lambuja": um chiclete, uma bala.

Aos domingos, quando ficava na cama até a hora do almoço, o jornaleiro guardava os jornais para ele e, mesmo que ele não fosse buscá-los, vinha tocar sua campainha alegremente e lhe entregava *El Mercurio* com um sorriso.

Comprava fiado do chinês da Manuel Montt e, se lhe faltasse dinheiro quando queria convidar Magdalena e Patricia para jantar, o velho Tin-Lung, morrendo de rir, anotava a despesa num livreco com uma fotografia do calendário de Marilyn Monroe. Tudo estava como na sua infância, a não ser por dois detalhes.

As antenas de televisão em cada janela, disparando contra as nuvens.

E o cine Italia.

Tinha sido despojado de seu projetor de 35 milímetros num leilão falimentar. O espaço era administrado por evangélicos de terno marrom, colarinho e gravata e brilhantina nos cabelos mesmo no verão inclemente. Suas mulheres, macérrimas, tinham rosto descorado. Algumas usavam meias que subiam até os joelhos. Ainda era possível distinguir no meio do calçamento os trilhos dos bondes que haviam deixado de circular décadas atrás. Seu bairro fora cenário de beijos fugazes trocados com a menina mais bonita da avenida Antonio Varas, e, quando fez catorze anos, a loura do salão de cabeleireiro unissex, com seus cachos despenteados, permitiu-lhe fazer o que quisesse na noite de uma sexta-feira, quando a porta se fechou após o último cliente. Depois, limpando-lhe com uma toalha úmida o sexo maravilhado, dissera-lhe no ouvido: "*Happy birthday.*"

Essa era a sua Santiago. Plenitude da democracia e manifestações de rua. Quando era estudante, gritara ao lado de milhares de pessoas: "Allende, Allende, o povo te defende."

Diante da Escola de Suboficiais dos Carabineiros, na Antonio Varas, vira passar os tanques golpistas a caminho de La Moneda. Havia sido despertado pelos voos rasantes dos caças que iam bombardear o palácio.

Foi na mesma semana que se apaixonou por um disco de Bob Dylan: *Don't think twice, it's all right.*

Então era esse seu estilo? Cada episódio da história lhe chegava ligado à emoção de uma melodia, aos versos de um poema. Claro que uma coisa não tinha nada a ver com a outra. Uma era realidade, e a outra, fantasia. Sonhos. Espuma que se desfaz. Nuvenzinhas.

Apesar das passadas enérgicas e ininterruptas, pôde perceber que seu esforço era inútil: à medida que serpenteava pelas ruas laterais, sentindo o cheiro dos jasmins primaveris que se derramavam a cada metro, das janelas de cada uma daquelas casas e apartamentos projetava-se para a rua a "Valsa do Não".

Paradoxo: fugira da transmissão e agora centenas de televisões o oprimiam com ela.

Na escuridão vegetal dos arbustos, o tremeluzir dos televisores se projetava como faíscas fantasmagóricas. Sentiu-se condenado à morte, marchando para o patíbulo, a quem impingem um derradeiro martírio: a trilha sonora de sua vida infame a todo volume.

"Meu Deus! Meu Deus, meu Deus!", disse a si mesmo, começando a correr para lugar nenhum. "Santiago inteira está assistindo!"

Em seu rosto não demorou a brotar o suor, que veio misturar-se à palidez. Apesar de sentir que o coração, sobrecarregado, bombeava com muita força, não afrouxou o passo. O coração estava lhe indicando o caminho correto. Seu almejado fim. Tal como nas noites de Ano-Novo os fogos de artifício sulcavam o espaço, ele agora tinha sua própria fanfarra: as telas de todos os lares do Chile que estavam vendo seus quinze minutos de fama, seu absurdo e lírico trinado libertário.

Não era necessário se atirar no Mapocho, atirar-se do terraço de um edifício, enforcar-se numa árvore, jogar-se debaixo das rodas de um ônibus.

Tudo podia ser infinitamente mais limpo: continuar correndo daquela maneira até o coração explodir como uma granada.

De repente a música parou, sinal de que o programa do "Não" havia chegado ao fim.

Agora era a hora do suplício.

Nesse mesmo momento os habitantes de sua pátria, os barqueiros nas fauces do oceano, os estudantes rebeldes, os filhos e netos dos fuzilados e desaparecidos, as mães e as namoradas, todos estariam perplexos, entreolhando-se, perguntando-se: "O que é isso?"

Não!: "Que porcaria é essa!"

O almejado fim.

Seu próprio apocalipse.

O auge ignominioso de sua carreira.

Não dava mais. Parou ofegando na praça diante de um bebedouro e deixou que as gotas pulassem para seu rosto, misturando-se ao suor.

De repente teve a impressão de que todo aquele líquido que lhe embaçava os óculos provocava uma alucinação.

Lá, no outro lado da praça, acontecia uma coisa imprecisa.

Era um ser que girava vertiginosamente.

Ou dois.

À medida que se aproximava, a aparição ia assumindo cada vez mais a forma de uma realidade. Até que se tornou nítida. Categoricamente verdadeira.

Um casal de jovens girava sem parar, fazendo as piruetas de uma valsa sem música: como se estivesse dançando a recordação de uma valsa na noite estrelada. Movimentando-se, iam ocupando, generosos, as lajotas da praça solitária e, quando chegaram tão perto dele que podiam roçá-lo, a mulher dançarina gritou:

— Vamos ganhar, senhor! Vamos ganhar!

Bettini tirou os óculos, limpou as lentes com a falda da camisa, e agora, vendo a alucinação real com total e brutal exatidão, disse:

— Não encham o saco. Estou à beira de um infarto.

TRINTA E SEIS

Vou de metrô ao centro.

Laura Yáñez quer falar comigo. Não pode dizer nada pelo telefone. Pessoalmente.

Fiz muitas vezes este trajeto, mas hoje há alguma coisa estranha no ar. Embora faça calor e estejamos apinhados, ninguém parece se aborrecer com a aglomeração. As pessoas se cumprimentam. Afastam-se para abrir espaço e permitir a entrada de um novo passageiro.

Parecem relaxadas. Há algo de malicioso nos olhares. Conversam. Não vejo ninguém com o olhar cravado nos próprios sapatos. Um grupo de mulheres vestidas com o uniforme de um supermercado está sorrindo, embora não converse.

Na primeira página do jornal mais popular, que um senhor aposentado está lendo, há duas fotos imensas.

Numa aparece Pinochet sorrindo; na outra, Florcita Motuda com uma faixa presidencial no peito.

A manchete diz: DUELO DE TITÃS.

Faltam poucos dias para o plebiscito e, pelo que ouço, percorrendo os vagões, ninguém fala de outra coisa. Como em um tique-taque sem pausa ouço sim-não, não-sim, sim-sim, não-não-não em todos os lugares.

É estranha esta Santiago de hoje.

Todos parecem tão saudáveis. Tomaram suco de fruta? Esfregaram-se no banho com algas marinhas? E as gargalhadas! Um estudante ruivo de olhos verdes conta uma cena da noite passada, quando um bombeiro imitava, com um copo de água, a sirene de seu caminhão ululando "Não, não, não, não, não, não, não, não, não, não". E os adultos, ao redor, dirigem-lhe um olhar divertido. E um velho lhe dá um tapinha no ombro. E o ruivo lhe diz que, se ele quiser, faz de novo. E mais gargalhadas. Parece outro país. Dizem que os brasileiros são alegres assim. "*Apesar de você, amanhã há de ser outro dia.*" Estou feliz pelo senhor Bettini. Por Patricia Bettini. Por dona Magdalena. Depois que ele voltou para casa, o telefone ficou tocando até as três da madrugada. Parabéns. Bettini dava entrevistas a jornais estrangeiros. Ligou certo senhor Chierici do *Corriere della Sera*. Grande distância. E outro, espanhol, do *El País*. Queriam prognósticos e análises para o dia do plebiscito. O calendário está queimando. Quanto falta até 5 de outubro?

Quando o trem chega a uma estação, alguns passageiros descem, e os que entram parecem vir com as baterias recarregadas. Como no segundo tempo do jogo, quando o técnico tira o centroavante cansado e o substituto entra dando corridinhas curtas para aquecer o corpo. Parece que até o metrô anda mais depressa. É o tipo de coisa que meu velho detesta. Os subjetivismos que não permitem observar a realidade objetiva. Os sofistas enchem seu saco. Bons para falar e dourar a pílula. Mas no fundo, papo furado. Aristóteles, no entanto... Esse sim vai direto ao ponto. Nico Santos. Por Nicômaco.

Sinto que sou o único introvertido neste vagão. Como se a tristeza pela ausência de papai me puxasse para baixo. Estou fora do ritmo da cidade. Vai haver eleições livres, mas meu velho está preso. Preso e desaparecido.

O tal do Samuel continua fazendo o possível. Patricia Bettini insiste: é necessário conversar com a gente do mal. Os bons não podem fazer nada. Talvez agora seja um bom momento.

Agora que o povo parece mais animado.

"Claro", penso. "Mas como estará Pinochet?" Furioso. Certamente roxo de raiva. Parece que o tiro saiu pela culatra. A senhora de verde que carrega uma sacola de verduras do supermercado está cantarolando a "Valsa do Não". Provavelmente é sonho, e agora vai entrar um comando de milicos e atirar em todo mundo.

Não fui à escola. Estou preocupado: o texto que li no cemitério pode me trazer problemas. O tenente Bruna não estava lá, "por decoro", mas os dedos-duros que estavam provavelmente estão me esperando na porta do instituto.

Ou sentados na própria sala.

De cabelos curtos.

Dia de sol.

Eles têm um crachá do serviço de investigações que exibem abrindo a lapela. São detetives. Mas o que me contaram é que os detetives depois entregam os presos à polícia política.

E aí fica difícil seguir a pista deles.

Da última vez que falei com Samuel, ele me disse que não desanimasse. Que podemos ter boas notícias. "Mas também ruins", gritei ao telefone. Ficou calado meio minuto. "Ruins também, garoto", me disse. Pedi desculpas.

Desço na esquina da Alameda com a Santa Lucía e vou andando até o Parque Forestal. Ali mora Laura Yáñez. Chamou-me porque quer me dizer alguma coisa. Não sei do que se trata.

Mas disse que era urgente.

Vem a calhar, assim desapareço do apartamento e não vou ao colégio.

Laura Yáñez é um mulherão. No colégio chamam esse tipo de mulher de "morenaça". Ela mesma me disse uma vez: quero ser a morenaça do Chile. A amizade com Patricia vem de seu gosto pelo teatro. Minha namorada sempre está atrás de peças intelectuais, com viés político. Morre de rir com Beckett e Ionesco. Teatro do absurdo. Laura fica louquinha com John Travolta. Sabe todos os passos de dança de *Os embalos de sábado à noite*, mas nunca encontrou um garoto de sua idade que esteja à sua altura. À dela e à de Travolta. Por isso anda com sujeitos mais velhos.

Algumas vezes, quando saem da Scuola Italiana, Laura e Patricia vão juntas ao cinema. São tão diferentes. Minha adorada Bettini quer ir à Itália para visitar os museus de Florença e tentar conhecer Fellini pessoalmente. Baba por *Amarcord*. Laura não. Ela quer aparecer algum dia na capa das revistas *Vanidades* ou *Fotogramas*.

Ela gostaria de fazer papel de mulher fatal em alguma série de televisão. Mas o engraçado é que tem um grande coração. Se fosse milionária, dividiria tudo com os amigos.

É a superamiga, mas, com aquele corpo, todos querem ficar com ela.

Os caras não querem ser apenas amigos. Por isso se aproximou de mim. Porque sabe que meu amor por Patricia Bettini me neutraliza. Sabe que não posso fazer uma sacanagem com sua melhor amiga.

Acabei lhe emprestando o apartamento para trocar de roupa. Não perguntei mais nada. Já estou de saco cheio demais para começar a encher o dos outros.

E agora, toda misteriosa, diz que quer falar comigo. Diz que me agradece pelo apartamento, mas não precisa mais dele. Vai me devolver as chaves. Que agora tem um próprio em Mosqueto, perto do palácio de Belas Artes. "Venha me visitar um dia com Patricia. Ela gosta de quadros." Os pais não podem saber. Que Patricia Bettini se cale. Porque, numa dessas, abre o bico no colégio, os responsáveis ficam sabendo e aí literalmente a matam. Mas agora, em dezembro, vai ter de lhes contar a verdade. Faz um mês que não vai ao colégio.

Toco a campainha. Apartamento 3A. Terceiro andar. Elevador mínimo. Edifício moderno. Cabem duas pessoas. Schindler. Carga máxima, 150 quilos.

E se...

Não quero nem pensar.

É que... Se estão me procurando para me prender por causa do discurso no cemitério, eu poderia me esconder no apartamento de Laura Yáñez.

Para retribuir o favor.

Será que ela topa?

Não, não vai acontecer nada.

Eu disse tudo aquilo do "tio Bill" em inglês.

Inglês, meu único sete, a maior nota.

Porque gosto de rock e dom Rafael ia com a minha cara. Ele gostava de me ver no grupo de teatro. Mas o mataram. Sem mais nem menos. O tenente Bruna fez tudo o que era possível.

Que porra é então fazer tudo o que é possível?

Trago na mochila o último número da *Caras*. É o tipo de revista de que Laura gosta. Acetinada, cheia de anúncios, muita vida social e páginas de moda, tudo colorido.

— Você veio, cara! — exclama, dando-me um beijinho na face esquerda e me puxando para dentro.

— Por que tanto mistério?

— Já vou contar. Como vai Patricia?

Digo: "Bem, Patricia está bem."

Embora não saiba como está. Não lhe perguntei. Mataram seu professor Paredes, e seu pai fez um tremendo sucesso com a campanha do "Não". Deve estar de péssimo a mal ou, possivelmente, um pouquinho bem. Todo mundo comenta a campanha do "Não". Telefonemas de felicitações até as três da madrugada. Requentamos o talharim à *puttanesca* e abrimos outro vinho tinto. Dom Adrián me deu dinheiro para o táxi. O metrô já havia parado de funcionar.

— E você?

— Não sei, cara. Mas chamei você aqui porque amor com amor se paga.

— De onde você tirou isso?

— Sei lá. Minha avó é quem dizia.

— De que se trata? Tome. Eu lhe trouxe a última *Caras*.

— Com Michelle Pfeiffer na capa! *Super woman*. Não é verdade?

— É bonita.

— Seu tipo. Adivinhei?

— Não sei, Laura, não sei qual é meu tipo. Acabei de fazer dezoito anos. Não sei qual é o meu tipo e não entendo nada de nada.

— Mas como Patricia Bettini...

— O quê? O que há com Patricia?

— É que ela é tão...

— Tão o quê?

— Elegante. Já eu...

— Você é diferente, Laura. Nenhuma é melhor do que a outra. São apenas diferentes.

— De mim você gosta?

— Acho você ótima.

— Tenho Coca-Cola, Bilz, Pap e cerveja. Cerveja Escudo, só isso.

— Coca.

— Com gelo?

— Três pedrinhas.

Vai à cozinha e traz uma Coca tamanho família. Já tem pronto um pratinho com cubos de queijo e azeitonas verdes. É meio-dia, mas parece um coquetel vespertino.

— Sente-se, para não cair para trás.

— Diga — falo, obedecendo.

Ela se acomoda na ponta de um sofá de vime com respaldos acolchoados cor de café. Muito recatada, junta os joelhos para não exibir suas coxas trigueiras e macias.

— Trata-se de seu pai, Nico.

Ah! Por isso ela queria que eu viesse. Nada de telefone. Não quero ouvir. Quero morrer antes. Morrer já.

— Você sabe de alguma coisa?

Laura olha as paredes da sala e a porta que leva ao quarto e a outra à pequena sacada. Há uma reprodução de um quadro com bailarinas de Degas e uma fotografia enorme de Travolta com um terno de seda branca muito justo e o paletó de mangas curtas aberto no peito.

— Nico... Sei como chegar até ele.

— Está vivo? O professor Paredes...

— Eu sei.

Alguma coisa a impede de falar. Quer e não quer dizer. Por que me chamou?

— Por favor.

Sacode a selva brilhante de cachos cor de azeviche e me olha nos olhos fixamente, com contundência.

— O que vou lhe contar agora depõe muito contra mim. Só vou lhe contar porque você me estendeu a mão.

— Está bem. Diga.

— Acho você muito novinho, mas sempre me chamou a atenção. Faço isso por você. E pelo professor Paredes. Ele me deu um cinco. Pela primeira estrofe de "Annabel Lee". O poema de Poe. Você se lembra? *Seu cinquinho*, me disse.

— Estou por fora.

Passa a mão no nariz e aspira como se estivesse resfriada.

— Quem montou este apartamento para mim foi um cara. *Sacou*?

— Tá.

— Um cara casado.

— Tá.

— Um policial.

— Da CNI?

— Não fica aí abestado... Vai me passar um sermão moralista?

Não sei. Não sei o que fazer nem o que dizer. Não esperava aquilo. Bebo meio copo de Coca-Cola. Fico com uma pedra de gelo na boca e puxo-a de um lado para o outro com a língua.

— Não.

— Acho que por meio dele podemos chegar ao seu pai.

— Por quê?

— Eu sei e pronto, Nico.

Gostaria de ser adulto. Entender mais da vida. Ter lido mais livros. Conhecer a psicologia das pessoas.

— O que eu preciso fazer?

Laura se inclina para mim e toma minhas mãos. Levanta-as até a boca. Não as beija. Simplesmente apoia os lábios nos meus dedos.

— Você tem alguma grana?

Olho para ela. Olho para ela com a alma inteira mergulhada no estupor.

— De onde ia tirar dinheiro, Laura? Nem sequer fui receber o salário de setembro de papai porque estou morrendo de medo que me agarrem.

— Você tem de onde tirar alguns pesos? Vender alguma coisa?

— O quê?

— Não sei. Um carro.

— Não temos carro. Andamos a pé. Ou de metrô.

— Uma televisão.

— Todos têm televisão. O que me dariam por uma televisão?

Laura afasta meus dedos. Beija-os um a um. Depois pestaneja três, quatro vezes. Não me olha.

— Entendo, Nico, entendo.

Depois vai até um armário de madeira e tira uma garrafa de rum Bacardi branco. Derrama um pouco na minha Coca-Cola e põe um pouquinho em seu próprio copo.

— Então não me resta mais nada além de ver até que ponto esse detetive filho da puta me ama.

TRINTA E SETE

Raúl Alarcón, *Florcita Motuda*, telefonou para Adrián Bettini agradecendo-lhe efusivamente por ter permitido que participasse da campanha. "Sou o homem mais popular do Chile", disse. "As pessoas me beijam na rua. O taxista não quis cobrar a corrida: 'Se você tem a coragem de enfrentar Pinochet, por que eu não? Vou votar 'Não'. E vou convencer todos que entrarem no meu táxi a votar 'Não'. Grande, Florcita.'"

"Obrigado, dom Adrián."

"Não há o que agradecer", respondeu Bettini, olhando pela janela um carro cinza sem placas que estacionava diante de sua casa. O motorista abriu o vidro, e seu acompanhante — cujo rosto ele não conseguia ver — acendeu um cigarro para ele. O motorista entreabriu a porta e acionou o mecanismo do assento para trás. Acomodou-se e expeliu uma baforada de fumaça pela janela.

— Não há o que agradecer, senhor Alarcón. Sou eu que tenho de lhe agradecer.

— A mim? Sou uma insignificância. Uma pobre florzinha cacheada.

— As pessoas o consideram um herói. Tem um grande futuro pela frente, amigo.

O acompanhante do homem do carro cinza desceu, atravessou a rua, foi até a porta da casa de Bettini e olhou o número. Depois o comparou com o que tinha escrito numa caderneta e levantou o polegar, indicando ao chofer que estava *okey*.

— Um grande futuro, amigo — repetiu.

Fez sinais a Magdalena, para que que ela fosse até a sacada e olhasse o carro.

Tampou o bocal do telefone quando lhe sussurrou: "Vá comprar alguma coisa no armazém e dê uma boa olhada na cara de quem está dirigindo."

— O senhor acredita, dom Adrián, que vamos vencer o plebiscito?

— O plebiscito sim — disse Bettini, jogando um beijo para a esposa. — Outra coisa é aceitarem o resultado.

— Eles não têm alternativa. Toda a imprensa estrangeira está aqui, e os correspondentes me disseram que vão ficar até o dia da votação.

O acompanhante do motorista agora olhava Magdalena atravessar a rua a caminho do armazém. Indicou ao outro que ficasse atento, levando um dedo à parte inferior do olho.

— Diga, senhor Alarcón...

— Às ordens, dom Adrián.

— O senhor não teria, por acaso, algum amigo com uma casinha fora de Santiago? No interior ou no litoral?

— Fernández, em Papudo. Por quê?

— O tempo está tão bonito, e achei o senhor um pouquinho pálido. Por que não passa uns dias na praia tomando sol?

No outro lado da linha houve um longo silêncio. Depois Alarcón pigarreou.

— Está acontecendo alguma coisa, senhor Bettini?

— Não, nada. Nada.

— Desculpe perguntar, mas o senhor está com medo?

— Não, homem, não — respondeu, procurando em sua agenda o número do cônsul da Itália.

— Porque eu, na verdade...

— Está se cagando de medo?

— Assim me cagando, me cagando, não. Mas quase. Não queria incomodá-lo. Era só para lhe agradecer... por ter acreditado em mim.

Bettini sorriu com amargura. Omitiu o que realmente tinha de lhe informar: "Não acreditei em você. Duvidei o tempo todo. Até ontem à noite estava convencido de que você era um doido varrido."

— Grande valsa, a sua, Florcita!

— Fiz muito pouco. Grande é o Strauss.

— Cuide-se. Está tudo bem em casa?

— Perfeito. Sabe?... As pessoas me amam.

— É porque merece.

Bettini desligou e ligou imediatamente para a embaixada italiana.

Florcita Motuda desligou e voltou a olhar com preocupação o carro preto que havia estacionado um pouco mais para a frente de seu prédio, perto da praça.

TRINTA E OITO

Alguns dias antes da votação os sociólogos publicaram suas pesquisas.

Sessenta e cinco por cento dos indecisos haviam agora optado por votar “Não”.

Somados esses votos aos da grande maioria dos que votariam “Não” de qualquer jeito, as pesquisas garantiam que a opção contra Pinochet ganharia o plebiscito.

A equipe comandada pelo ministro do Interior não demonstrou reação nem flexibilidade diante da onda de popularidade do “Não”. Nos inúmeros programas que apresentaram, aproveitando o monopólio do governo na televisão, nunca se dirigiram aos indecisos, mas apenas a seus partidários mais fervorosos.

Pinochet continuou acreditando no ministro Fernández e em seus assessores, que só lhe apresentavam pesquisas favoráveis. Meu general, a campanha do "Não" é inofensiva, e os sociólogos que garantem a vitória de seus inimigos não passam de um bando de delinquentes desocupados.

Um desses *delinquentes desocupados* escreveu: "Os deuses cegam aqueles a quem querem destruir."

Na casa de Bettini a confiança começou a crescer quase tanto como em todas as províncias chilenas. Num país onde o principal entretenimento era ver TV, o surgimento do "Não" nos meios de comunicação quebrou a solidão que marcava a vida de cada pessoa ou grupo familiar. A rotina da desesperança foi matizada.

Pela primeira vez, explicaram os sociólogos a Bettini, as pessoas sentiram que a televisão estava falando para elas, e não passando por cima delas. Aqueles quinze minutos eram um *big bang* de imagens estelares que não se extinguiam depois da transmissão: continuavam gerando novos astros, choques de energia em todos os lugares, a sisudez havia se distendido, o ricto amargo dera lugar aos sorrisos.

Até aquele momento, o que não aparecesse na tela parecia não ser real. As pessoas sentiam que os seres fictícios e banais das séries de tevê eram mais reais que elas mesmas. Tinham apenas silêncios. Não tinham autorização para viver, só para ser testemunhas de vidas irreais.

A pincelada de democracia que Pinochet arriscara rompera o dique. Aquilo que parecia uma brincadeira singela e inofensiva detonara com sua eficácia singela os anseios de futuro e alegria. Bettini começava a acreditar nisso lentamente. Só que seu êxito se tornava cada vez mais perigoso. Dos filmes americanos ele herdara uma expressão que repetia quando estava entre amigos do peito: *fucking*. Agora se referia com um meio sorriso ao seu *fucking success*. Nos dias que faltavam para a votação, mal dormia entre uma cochilada e outra. Havia uma sobrecarga de adrenalina ao seu redor que não permitia um único suspiro de calma.

Os boatos de que os militares tinham conhecimento de um eventual resultado desfavorável a Pinochet despertaram temores de que mandassem para o inferno a comédia democrática e ignorassem o resultado da votação. Ou de que suspendessem o plebiscito, plantando atos de terrorismo.

Os partidos do "Não" conclamavam a votar "Não" sem ódio, sem violência, sem medo.

No dia 5 de outubro, Bettini chegou acompanhado de Magdalena e Patricia a seu local de votação, perto da praça Egaña. Ficou na longa fila de eleitores debaixo de um sol radiante, comprando garrafinhas de água mineral de vendedores ambulantes. À medida que se aproximava de sua mesa, sentia que o coração se acelerava. Aquela aparência de rotina deixava-o feliz. Havia imaginado tudo mais solene e complexo. Que nada. Ali estava ele. Um entre centenas em seu Ñuñoa. Um entre centenas de milhares em Santiago. Um entre milhões no Chile. Onde Florcita

Motuda estaria votando? Assim como o cantor estava feliz com o reconhecimento popular, ele estava agradecido pelo anonimato.

Se o "Não" ganhasse, na verdade não pediria mais nada à vida. Talvez alugar uma casa na praia, levar suas fitas cassete favoritas, seus livros de história grega. (Hum, "os deuses cegam aqueles a quem querem destruir".)

Se o "Não" ganhasse...

Não, na verdade não podia nem sequer conceber algo mais além do "Não". Estranho aquilo ser apenas uma etapa para algo maior. Aquela insignificância, seu arco-íris, seu punhado de imagens, a valsa de Alarcón, no fundo, eram... tudo.

Eram sua coroação da vida.

Que outro faça futuro. Ele — levantou um punho e manteve-o erguido, saudando um conhecido da fila da frente —, ele só queria agora desfrutar o presente.

A eternidade deste momento atual.

Só faltava o "Não" ganhar.

À meia-noite, antes da divulgação dos resultados pelo subsecretário do Interior, foi para a janela. Os comandantes das Forças Armadas haviam sentido o clima do país e já não podiam desconhecer nem fraudar os votos.

"Há tanta gente comemorando nas ruas que seria uma barbaridade atirar", comunicou o ministro do Interior.

O subsecretário Cardemil anunciou que o "Não" havia vencido, com 53% dos votos.

Os jornalistas, oscilando entre o êxtase e a incredulidade, procuraram o ministro do Interior e não o encontraram.

Finalmente Pinochet consentiu em conversar com eles. Vestido à paisana e maquiado em tons róseos, emitiu seu veredito diante de dezenas de cinegrafistas nacionais e da imprensa mundial: "Certa vez os judeus também fizeram um plebiscito. Tiveram de escolher entre Cristo e Barrabás. E elegeram Barrabás."

Retirou-se sorrindo: "*No more questions*."

Na casa de Bettini, depois dos cálices de vinho tinto e branco veio uma garrafa de champanhe e, depois da garrafa de champanhe e dos telefonemas, um revezamento na equipe de homens do carro cinza, que continuava na mesma posição desde o dia em que tinha sido estacionado.

Era uma presença pontual e permanente. De uma quietude maciça. Às vezes ficava vazio. De tempos em tempos entravam dois homens, às vezes os mesmos do primeiro dia, às vezes outros, ligavam o rádio, ouviam rock, mudavam para *cumbia*, e um dia até puseram para tocar bem alto a "Pequena serenata noturna" de Mozart.

O carro não saía do lugar. O carro continuava ali. Sempre ali. Sem placas.

Os dois homens traziam sacolas de papel do mercado de Irarrázabal, descascavam laranjas e atiravam as cascas no calçamento.

Um fumava, o outro não.

Nos turnos da noite nenhum dos dois fumava.

De manhã um motorista ia levar-lhes uma garrafa térmica de café com leite e sanduíches.

Às cinco da manhã, Patricia Bettini trouxe telegramas da imprensa estrangeira. Recebera-os do cônsul italiano, que surgiu diante dela com os dentes emoldurados por pasta de dente, os cabelos ainda úmidos da ducha matinal, uma condecoração na lapela, queijo parmesão e presunto de Parma.

Cedeu a Patricia Bettini a "honra" de ler o telegrama do *Le Monde*. A garota captou o texto numa vista-d'olhos e o traduziu mentalmente para o espanhol.

A família e os amigos haviam se estirado no tapete e nas poltronas como guerreiros exaustos.

— *Le Monde*: "Há poucos antecedentes para julgar o que aconteceu e continua acontecendo no Chile. O mais autoritário e repressivo regime de toda a história da nação se transformou num magma de indecisão, impotência e choque."

Patricia olhou para o pai e, jogando para trás os cabelos castanhos que lhe caíam sobre um olho, disse solenemente:

— Papai, agora quero que você fique em pé.

Adrián obedeceu, com um tapa no ar, imaginando alguma brincadeira. Mas Patricia estava séria. Nunca a vira tão grave. Tão digna. Parecia ter crescido em poucas horas. Como se a virada de noite, os vinhos, o cansaço, a excitação a tivessem tornado mais mulher, projetando-a muito acima de seus dezoito anos.

— Isto é do *El País*, da Espanha, velho: "Quinze minutos bastaram para acabar com quinze anos."

Bettini lembrou que nas últimas semanas não passara uma noite sem achar que teria um infarto. Não agora, *please*, ordenou a seu *fucking* coração. Engoliu em seco e, sem sorrir, disse ao público:

— *El País*, da Espanha! *Se non è vero, è ben trovato*.

TRINTA E NOVE

— Senhor Fernández. Que honra, ministro!

— *Ex*-ministro, Bettini. Acabo de entregar meu pedido de renúncia e estou juntando meus papéis. Vou para casa.

— As voltas que a vida dá, doutor Fernández.

— Mas não acredite que este é o fim da história. O senhor conseguiu fazer dezesseis cães e gatos chegar uma vez a um acordo para apoiar um único candidato. O *Mister No*. Mas agora, que vão ter de entrar em acordo para escolher um único candidato a presidente, vão arrancar os olhos uns aos outros.

— Nesta campanha aprendemos a nos unir...

— Unir-se? Vocês estão colados com fita durex e cuspe, Bettini. O verdadeiro vencedor desse plebiscito é Pinochet, porque, sozinho, recebeu mais de quarenta e tantos por cento de votos. Em compensação, os cinquenta e poucos por cento de vocês terão de ser divididos entre dezesseis partidos. Com esses quarenta por cento, meu general pode fazer o que lhe der na telha.

— Um golpe de Estado como o de 1973 contra Allende?

— Por que não?

— Não creio, senhor ministro...

— *Ex*!

— Não creio, senhor *ex*-ministro. Desta vez ele não conta com as Forças Armadas nem com o apoio dos Estados Unidos. Nem com algo mais que de fato tinha em 1973.

— O que, Bettini?

— Alguém para derrubar! Ou Pinochet vai fazer a gentileza de derrubar a si mesmo?

— Meu general será lembrado como um grande democrata. Cite algum outro "ditador" que organize um plebiscito e, perdendo, vai para casa... Não durma sobre seus louros, meu amigo. Este paisinho precisa ser governado com autoridade, e não com canções tolas como "É tão maravilhoso dizer não".

— Qual é o objetivo do seu telefonema, senhor *ex*-ministro?

— Que coisa! Fiquei falando besteiras e me esqueci. Olhe, Bettini: vá até a janela e veja que na rua há um carro cinza, sem placas...

— Sim, estou vendo.

— Bem, são meus *boys*.

— Sim, é possível perceber que são seus *boys*.

— Quantos são?

— Três, quatro... Plateia lotada. Dia de gala.

— O que estão fazendo?

— Estão todos fora do carro. Um fumando e os outros tomando água em copo de plástico. Está fazendo um calor de rachar.

— Bem, vá até eles e diga que se retirem. Diga-lhes que os planos mudaram.

— Para dizer a verdade, não estou com a menor vontade de sair de casa agora.

— Não tenha medo, Bettini. Diga-lhes o seguinte: "O Coco está mandando dar o fora."

— "O Coco está mandando dar o fora."

— *Ecco*. E tudo resolvido.

— Eu lhe agradeço a sua generosidade. Posso lhe perguntar por que está fazendo isso?

— Depois do jantar é preciso lavar os pratos. Hoje por você, amanhã por mim. Vamos nos vendo, Bettini.

O ministro desligou quase como quem dá uma pedrada. Ele, por sua vez, colocou o fone no gancho com exagerada lentidão. Num transe. Conjurando alguma coisa.

Estava sozinho em casa. Diante do espelho do vestíbulo, enfiou nas calças a velha camiseta dos Rolling Stones com o desenho da língua vermelha para fora. Umedeceu os lábios, calçou o tênis de basquete e demorou uma eternidade passando os cadarços pelos orifícios de cima.

— "O Coco mandou dar o fora" — murmurou bem baixinho. — Até quando esse pesadelo vai durar?

Escancarou a porta de casa, e uma bofetada de sol bateu em seu rosto, cegando-o por um segundo. Colocou a palma da mão direita sobre os olhos como viseira e dirigiu o olhar para os homens do carro, do outro lado da rua.

O único que fumava atirou o cigarro no asfalto e esmagou-o com o sapato.

Outro depositou no capô o copo de plástico em que bebia.

O terceiro atirou o seu no chão e depois massageou o punho direito na concavidade da mão esquerda.

O último continuou bebendo, quase indiferente.

— Fora. Fora daqui — sussurrou Bettini, avançando na direção deles.

E, quando estavam ao alcance da mão, esticou energicamente o braço para o horizonte.

— Fora!

QUARENTA

O telefone da esquina está desocupado e eu seguro a moeda na mão, mas não ligo. Vou andando até nosso apartamento planejando preparar tomate recheado com atum. Passo pelo armazém e compro um pão e uma maçã. Gosto das verdes porque são ácidas.

No elevador está escrito com hidrográfica preta: "Ganhamos, merda!", e em outra parede alguém riscou com navalha o nome "Nora". Estou prestes a abrir a porta do apartamento quando ela se abre pelo lado de dentro. Ali está, no umbral, Patricia Bettini. Usando o uniforme de seu colégio particular, ou seja, blusa azul-celeste, gravata azul e saia quadriculada com meias brancas que sobem até as coxas. É estranho, mas toda vez que alguma coisa me surpreende finjo que não estou surpreso. Acho *cool* ser assim. E há motivos para ser tudo estranho: minha amiga nunca teve a chave do meu apartamento.

Mas Laura Yáñez sim.

E é Laura Yáñez quem sai agora da cozinha e envolve com um braço os ombros de Patricia Bettini.

Pisca para mim.

Enquanto balanço o chaveiro na mão acontecem duas coisas: a boca de Patricia Bettini se abre num sorriso que não oculta a imperfeição de seu dente da frente, levemente maior que os outros, e o professor Santos surge atrás dela sustentando um cigarro nos lábios.

Não.

Contei mal. Primeiro aparece uma baforada de fumaça e logo depois aparece o professor Santos com o cigarro nos lábios.

Nós nos abraçamos em silêncio, e eu talvez demore muito mais para soltá-lo do que ele a mim. Então acho que ele quer me olhar e me afasto um pouco, e o velho me pergunta como estou, e eu tenho uma maçã verde numa das mãos e as chaves na outra, e lhe digo o mesmo que disse a Valdivieso: "Estamos aí."

Na sala de jantar estão postos quatro pratos, e a entrada está servida: presunto recheado com abacate sobre uma alface. Papai estende a mão para apagar o cigarro no cinzeiro, e eu reparo que sua pele está cheia de queimaduras. Quando ele percebe que percebi, cobre essa mão com a outra e esfrega as duas com entusiasmo, como quem se prepara para um banquete. Mas eu retiro com decisão uma das mãos e examino detidamente suas chagas.

— É que na prisão não havia cinzeiros, e os rapazes apagavam os cigarros em qualquer lugar — sorri. — Mas nunca nada muito grave. Tudo dentro do silogismo "Baroco". E você?

— Eu estou ótimo, papai.

— Não se meteu em nenhuma confusão?

— Zero problema.

— É o último dia do mês. Foi buscar meu cheque?

— Esqueci.

— É muito interessante saber se o cheque está lá ou não. Tenho a esperança de que não tenham conseguido sustá-lo.

— Depois do almoço vou.

— Está bem.

Patricia Bettini vai à cozinha buscar a garrafa de vinho tinto e meu pai limpa uma partícula de tabaco que estava grudada em seu lábio.

— Foi ela quem me tirou — sussurra papai confidencialmente, apontando Laura Yáñez com o queixo.

— Como?

— Pergunte você.

— Como você conseguiu tirá-lo? — pergunto, sem olhá-la e escondendo o sorriso, enquanto encho a taça de papai.

Ela esfrega a rolha da garrafa na testa.

Patricia bate na mesa.

— Conversou com pessoas, Santos.

— Com gente ruim, imagino.

— Deixe-a em paz, Nico — intervém meu pai. — Não vivemos no mundo das ideias platônicas. Na vida real, o Bem anda misturado com o Mal.

— Mas em diferentes proporções.

— Em diferentes proporções, filho. Não está feliz de me ver?

— Claro que sim, papai.

— E aí?

— Está tudo bem, papai.

— Então vamos comer.

À tarde vou à Tesouraria. Fico dez minutos na fila e de fato há um cheque para o professor Rodrigo Santos. Pego-o, guardo na carteira, compro a revista *Don Balón* e vejo que no meio há um pôster com dois dos meus ídolos: Rossi e Platini.

No dia seguinte tenho aula de filosofia.

O professor Valdivieso devolve as provas corrigidas com tinta verde. Para as notas ele usa um enorme número vermelho. Minha canção de Billy Joel obtém a nota mais alta: sete.

Quando volto para casa, papai me pergunta justamente pelo novo professor de filosofia e eu lhe digo que é um cara legal. E conto que me deu sete na prova sobre o Mito da Caverna. Baixa em meu pai o espírito do profissionalismo, e ele me pede que lhe mostre a prova. Entrego-a e, ao pegá-la, ele larga o cigarro na borda de um cinzeiro. Aproveito para dar uma tragada e devolvo-o ao seu lugar.

— O que é isto, Nico? — pergunta, pálido, depois de ler a canção de Billy Joel e ver o resto da folha vazia.

Eu não sei se devo rir ou chorar.

— Justiça na medida do possível, papai — respondo, arrancando da revista de esportes o pôster de Rossi e Platini.

QUARENTA E UM

Ela quer assim e não vou me opor.

Diz que não leve a mal, mas arcará com as despesas.

Escreveu uma carta para dom Adrián e espetou-o com alfinetes em seu travesseiro.

Não que seja uma tola romântica como as das revistas de papel acetinado, mas diz que Santiago foi ferida pelo *smog*.

Os ônibus para Valparaíso partem perto da Estação Central.

Não consegui dormir a noite inteira e me aflige chegar tresnoitado ao encontro com ela.

Enfio um calção de banho e duas maçãs na mochila.

Não encontro toalhas limpas. Se formos à praia, pego uma do hotel.

No vagão do metrô vejo Che bocejando. Chego perto dele e digo que hoje faltarei às aulas. Se perguntarem por mim, que diga ao inspetor que estou resfriado.

Quer saber por que não vou ao colégio.

Escapa-me um sorriso tão contagioso que ele o imita na hora.

Tenho um arsenal de frases que aprendi com papai para essas ocasiões. Digo uma: "Deus pergunta menos e perdoa."

Quer saber se se trata de uma garota.

— Não se trata de uma garota, Che. Trata-se de Patricia Bettini. Vou levá-la a Valparaíso.

Digo: "Vou levá-la a Valparaíso", mas foi ela quem organizou tudo. Pediu a dona Magdalena que adiantasse sua mesada e vendeu todos os livros escolares a um sebo. "É a vantagem de não ter irmãos menores, Nico. Esses livros não servem para mais ninguém em casa. Quero me desintoxicar de tudo, de álgebra, de química, de história, de física.

"De virgindade."

Disse assim, como se fosse uma matéria difícil. Ela não me disse: "Quero me desintoxicar da minha virgindade." Disse: "Quero me desintoxicar de *Virgindade*."

Algumas vezes estivemos a ponto de "quebrar o placar", como diz no rádio o locutor esportivo Julito Martínez. Ambos lemos romances e poesias que pregam o amor livre e nos tocamos em todos os lugares.

Mas ela sempre achava uma desculpa. Faz considerações do tipo: "Amor é uma expansão de um sentimento de felicidade. Enquanto a pessoa não estiver feliz, não deve fazer amor."

Isso nós discutimos com muita tranquilidade longe da cama. Mas a sós em meu apartamento e até mesmo no quarto dela, quando seus pais estão ausentes, quase chegamos ao desenlace.

E depois, claro, havia a questão da minha tristeza.

Agora me mostra um poema que sublinhou: "As pessoas têm direito a ser felizes, mesmo que não tenham permissão."

Tudo o que aconteceu conosco nos modificou muito. É como se tivéssemos amadurecido a porradas.

Ela tem vontade de viver mais depressa.

Eu quero acariciar e que me acariciem.

Queremos soltar amarras. Diz isso me servindo de um copinho de grapa. Uma bebida assim como o pisco ou a aguardente. Mas, claro, que é da Itália. A garrafa parece uma escultura de vidro. A etiqueta diz: "*grappa morbida*".

Queima.

Che me recomenda que passe pela farmácia e compre camisinhas. Não sei se quero. Quer dizer, quero saber como ela é, quero senti-la. E a camisinha... Possivelmente estou raciocinando como um idiota. Farei o que Patricia Bettini decidir.

No terminal anunciam pelos alto-falantes que o próximo ônibus para Valparaíso sairá em dez minutos. O motorista lê *La Cuarta* com as pernas esticadas sobre o volante. O ar de um pequeno ventilador agita as páginas do jornal. Espio dentro do veículo, mas não encontro Patricia.

Junto-me aos outros passageiros que se despedem dos familiares na plataforma de embarque. Um carregador enfia um velho baú no maleiro do ônibus. Usa na testa uma fita com o desenho do arco-íris.

Temo que Patricia tenha se arrependido. Para uma garota, a decisão de fazer amor é coisa quase de tragédia grega. Ou pelo menos de telenovela. São tantas as coisas que lhes enfiam na cabeça em casa e na escola que elas andam pela vida na ponta dos pés, como se estivessem pisando em ovos.

No fundo, têm razão. Nelas, o amor deixa marcas. Bem, até cicatrizes. Por isso é estranho que Patricia tenha resolvido ficar comigo. Ainda faltam dois meses para a escola secundária terminar. Além disso, Pinochet tem de convocar eleições livres. Vai demorar. Coisa de um ano, imagino. Ela me disse: "Quero estar com você, intimamente."

Mas não em Santiago.

É que Santiago é a escola, a igreja, o desemprego de dom Adrián, os carros sem placas diante de casa, as bombas de gás lacrimogêneo, a ausência do professor Paredes.

Que eu compreenda.

Está bem. Para mim, amá-la não é uma questão de geografia. Embora eu seja o sujeito menos romântico do mundo, também gosto de um espaço onde a vista não se choque o tempo todo com edifícios e antenas de televisão.

Estou com vontade de mar.

Mar e amar. Valparaíso.

Mas meu xodó é o centro de Santiago. Gosto imensamente de que não tenham demolido a igreja colonial e que os urbanistas tenham sido obrigados a fazer uma curva na Alameda para respeitá-la.

"É assim que se deve tratar uma dama", disse o professor Santos.

Quando anunciaram que a demoliriam, meu velho e eu fomos protestar nas ruas ao lado dos padres franciscanos.

Papai fez um discurso perto da fonte da pérgula das flores.

Disse que a igreja era o pequeno e doce Francisco de Assis, e o governo de Pinochet, o lobo.

"O lobo de Gubbio", disse.

Não sei de onde tira essas coisas.

Não sabe ficar calado.

Mas me proíbe até de suspirar.

Os policiais vieram e primeiro jogaram água. A gente se acostuma com a água. A única coisa que pode acontecer é um jato muito violento atirar você contra uma parede e sua cabeça se arrebentar. O melhor é se atirar no chão.

E que molhem. Que te deixem encharcado como um cachorro.

O professor Paredes dizia, agachando-se debaixo do jato: "*Relax and enjoy it.*"

Mas as bombas de gás lacrimogêneo são diferentes. Se alguma explodir na cara da gente, deixa cego.

Mas minha vida inteira dediquei ao centro. Dezoito anos. Rua Lastarria. Villavicencio. As *fuentes de soda** com garçonetes maquiadas como dançarinas de cabaré.

---

* Nome tipicamente chileno dado a estabelecimentos muito semelhantes às nossas lanchonetes. (*N. do E.*)

O motorista aparece agora no estribo do ônibus e grita que partirá em três minutos.

Aperto no bolso as moedas de cem pesos e tento descobrir se há um telefone por perto.

Nesse exato momento Patricia Bettini aparece.

E, à medida que se aproxima correndo, meu coração começa a bater mais forte que nunca.

Fica menor e mais magra dentro do meu abraço. Os cabelos castanhos caem soltos em seus ombros, e não há o menor vestígio da disciplina escolar de fivelas, grampos e prendedores que ela usa para evitar que os cabelos inundem seu rosto.

Hoje não usa o uniforme do colégio.

Em compensação, está com uma camiseta vermelha apertada, exatamente um tamanho menor do que as que costuma usar.

Os seios irrompem no tecido, e a parte superior está exposta.

Seus lábios pintados com um vermelho intenso combinam maravilhosamente com a camiseta. É uma boca que grita: “me beije, me morda”. Engulo em seco. Arranho sua face com os breves pelos que brotaram em meu queixo. Aspiro profundamente o cheiro de sua pele. Fico tonto com o toque de fruta tropical de seu gel.

— Está pronto? — pergunta.

Quer saber se estou pronto. Faz dias que estou levantando voo. Vivo no país do “Não” e percebo em cada um dos meus nervos que eles nunca mais voltarão a tirá-lo de mim. Sinto isso nas pulsações de meu punho, em minhas têmporas, que latejam alvoroçadas.

Em minha ereção.

Porra, como a democracia é erótica!

— Estou pronto — digo, para me poupar de todo o indizível.

Ela põe a passagem no bolso de minha camisa branca e depois toca minha testa com dois dedos, como um médico que toma a temperatura.

— Então, Nicômaco Santos, as passagens para Valparaíso!

QUARENTA E DOIS

Patricia Bettini mostra a Nico Santos a agenda encadernada com cartolina azul na qual seu pai foi anotando suas observações para a campanha do "Não".

Um cavalo galopa na pradaria, é o cavalo da liberdade.

Movem-se os limpadores de para-brisa de um táxi, é o "Não" da liberdade.

Um coração bate de sístole a diástole, é o ritmo da liberdade.

Uma velhinha compra um saquinho de chá no armazém de dom Aníbal, é o chá da liberdade.

Um carabineiro golpeia a cabeça de um estudante, é a hora da liberdade.

Canção:

Não quero, papai, não quero, mamãe, não quero nem em inglês, em mapudungún, em tango, em bolero, em foxtrote, em cumbia, *em chá-chá-chá, não quero, meu amor, o que eu quero é a liberdade.*

Christopher Reeves está no Chile. Gravá-lo: vem defender os atores ameaçados de morte. Que diga alguma coisa. Algo assim: "OK, folks, you're right, remember that the vote is secret and that Chile be a free country depends on you."

Grande Superman, em inglês a liberdade.

Filmar Jane Fonda, não sei onde podem encontrá-la, ouvi-la dizer o seguinte no rádio: "During all these years the pain of Chile has been our pain, now the future of Chile is in your hands."

Inserir Jane com a canção das botas: "These boots are made for walking, and they will walk all over you, walk boots, walk over Pinochet, walk, walk, walk *para a liberdade.*"

E usar alguma cueca: *"Tiquitiquiti, tiquitiquitá, diga que não e acenda a liberdade."*

E não esqueçam Violeta Parra: me deu o abecedário, com ele as palavras que penso e declaro, me deu o "N", me deu o "O", me deu o "No", me deu, meio a meio, o "No", o não da liberdade.

Quebraram-lhe as mãos, fraturaram-lhe o fêmur, meteram--lhe 72 balas, perfuraram-lhe o ventre, a liberdade dói (sem dizer de quem falamos, as pessoas sabem, é melhor que pensem sozinhas).

A polícia não deixa Serrat descer do avião, tranca-se no banheiro, grava uma fita cassete com um jornalista, para a liberdade (usar esse disco).

O casal de jovens olha em direção a uma esquina, junta moedas e notas de pouco valor, quer pagar um quarto de motel, o amor barato da liberdade.

Eu, Bettini, peço à morte que se aguente um pouco, que deixe setembro passar, que me conceda o último desejo, que pelo menos espere até 5 de outubro, que espere a liberdade.

A garota vestida de preto atravessa a avenida Apoquindo em plena primavera, e seus quadris balançam acompanhando o ritmo da liberdade.

Na cabeça de um rei barbudo, uma coroa de cartão-pedra se empena, vai chegar a liberdade.

Essa mão que se levanta e se despede de alguém diz: "Não", quer liberdade.

O carpinteiro corta a madeira com um serrote, vai saltando a serragem da liberdade.

A apaixonada desfolha uma margarida, bem me quer muito, pouquinho, nada, a liberdade.

A tradicional Cartilha Matte: *papai ama mamãe, o menino come a papa, a menina ama a liberdade.*

Que pássaro ou anjo consegue voar mais alto para a liberdade.

O Pacífico ergue catedrais azuis até as nuvens, ondas que sobem e sobem em direção à liberdade.

Não me diga menos, não me diga mais, diga-me a palavra certa, liberdade.

Vamos bater palmas, meninos, marcando o ritmo, assim, clip, clap, mais uma vez, clip, clap, clip, clap, a liberdade.

Nico deixa a caderneta de Bettini na mesa de cabeceira do quarto do motel.

Mas ela quer que ele leia mais uma vez (usa essa palavra) a *profecia*: *"O casal de jovens olha em direção a uma esquina, junta moedas e notas de pouco valor, quer pagar um quarto de motel, o amor barato da liberdade."*

Patricia pede que a ajude a tirar o sutiã.

Nico consegue soltar os ganchos, como se tivesse experiência.

Tem diante de si as costas da mulher amada. A pele se estende, pálida, e pela primeira vez ele se aproxima para tocar com os lábios uma pinta na escápula. Escápula. Anatomia.

Ela gira o corpo. Agora os seios estão diante de sua boca.

Ela parece ter surgido daquela nuvem ouriçada, suspensa além da janela.

Ela está séria.

Ele sorri.

Os dois juntaram quinze mil pesos. Três horas de quarto de motel. "Não peguem no sono, jovens, senão terei de cobrar mais dez mil pesos. Duas cuba-libres incluídas."

"A liberdade", pensa.

E escala com a língua o pescoço, até chegar à boca de Patricia Bettini, e afunda a língua entre seus dentes.

Ela fecha os olhos.

Tem de haver uma maneira de fazer direito.

Uma maneira de fazer com classe.

Como viram nos filmes.

Como sonharam tantas vezes em lençóis molhados.

Tem de brotar um gemido lento, o seio inflar-se, avultar-se versado o membro, umedecer-se, encharcar-se o ventre, sua língua tem de saber encontrar o ponto perfeito, assediá-lo com a destreza de um toureiro, o diminuto ponto eletrizado do planeta.

É preciso ter calma, tudo isso é abrupto demais, as mãos apertam e arranham, pulam de um lugar a outro como coelhos assustados.

Deveria ter trinta anos, experiência em pele, doutorado em seios para dar prazer à amada Patricia Bettini, pálida e quente sob a tênue luz do dia que se filtra por entre a cortina estampada com flores, margaridas, girassóis, rododendros, na sombra opressiva deste hotel castigado por um sol insolente que parece querer incendiar o porto.

Patricia apoia as costas no respaldo verde acolchoado da cama, separa os joelhos, com o dedo médio e o indicador da mão direita avança sobre seu ventre.

Acaricia o ponto, o instante, a taça de champanhe borbulhante. E a outra mão vai para a nuca de Nico Santos.

E a outra mão dirige com suavidade, mas decidida, a cabeça de Nico para seu ventre, dobra-o, e o jovem estudante acata esse rumo, roça os cabelos castanhos lisos, no caminho aspira profundamente o cheiro dessas secreções que se expandem, triunfais.

Certeiro, vai com a ponta da língua ao minúsculo tigre oculto na folhagem abrupta, mais escura que o que profetizavam seus sonhos, de um tom mais selvagem que o plácido castanho italianíssimo de seus cabelos, como que cacheada por uma súbita eletricidade.

E se até o momento não houvera palavras, nem sequer monossílabos, só a saliva na pele, o roçar das nádegas nos lençóis, agora Nico Santos ouve uma palavra.

Patricia Bettini sussurra “sim”, repete “sim”, diz uma e outra vez “sim” e “sim”, e também “assim” e “assim”, e seus dedos apertam, elétricos, o crânio de Nico Santos, e já não diz mais nada, e já não diz mais “sim”, já não diz “sim, sim, assim, assim”, e cala-se ferozmente, concentradamente cala, e aperta brutalmente a mandíbula, e o que Nico não pode ver, o que ainda não sabe, é que Patricia Bettini está chorando.

QUARENTA E TRÊS

Patricia corre a cortina estampada do motel do alto da colina e depois abre a pequena janela. Apoia a testa na moldura de madeira, inclina o pescoço e entrega o olhar à lonjura. Os sons do porto entram com mais força: guindastes depositam caixas de madeira gigantescas nos conveses dos barcos, buzinas, sirenes de ambulâncias, rádios da vizinhança com os sucessos da semana.

— Venha.

Ando até ficar ao seu lado. Não muda de posição. Sem me olhar, pega meu braço e o põe em volta de seus ombros. Beija minha mão. É muito estranho, porque ela está ao mesmo tempo distante, dispersa mar afora até o horizonte, e também muito aqui. É um corpo dividido. Belo, terno, morno.

— Olhe — diz, levantando um pouco o nariz e apontando as colinas de Valparaíso. — Se quiser me conhecer melhor, eu sou assim.

— O que está querendo dizer?

— As colinas e tudo isso.

— Você é assim.

— É uma maneira de dizer, seu bobo. Eu — bate suavemente no peito, como se estivesse acompanhando a pulsação —, eu sou isto. Quer dizer, se alguém me pintasse ou se eu fosse uma paisagem, seria de muitas cores... Olhe agora aqui. O que está vendo?

— Várias coisas.

— Tetos, telhas, muros amarelos, verdes, violeta, azuis, grená, terracota, chaminés, gaivotas, pelicanos, escadas, degraus, fios ao alcance da mão, elevadores que parecem casinholas escalando os trilhos, vira-latas, pipas, e tudo se sustenta empilhado como se alguém tivesse colocado aquilo assim, de qualquer jeito, deixando tudo para mais tarde.

— Então você é assim. Deixou-se para mais tarde.

— Quer dizer, as coisas que me aconteceram na vida têm algum significado. Estão aí com a emoção que vivi, *sacou*?

— Uma das coisas de que mais gosto em você é que quase nunca diz *sacou*. É curioso, porque eu a vejo...

Paro. Beijo seu ombro nu, aspiro profundamente o cheiro de seu pescoço. Percorrer sua pele me ajuda a encontrar a palavra exata...

— Como você me vê?

— Harmoniosa, bronzeada. Elegante, Patricia Bettini. Essa coisa de você ver a si mesma como um carnaval me surpreende.

Vira-se para mim e percorre suavemente minhas pálpebras com dois dedos.

— Talvez — diz sorrindo com os olhos, mas não com os lábios — seja o trauma pós-virgindade perdida. Sabe o que me dá harmonia?

— Discuti isso com seu velho.

— Você fala de mim com meu pai? O que ele diz?

— Que isso é *the italian touch*. O toque italiano. Ou seja, agitação interna, mas expressão franca.

— Harmoniosa.

— Claro, como se você tivesse se passado a limpo.

— E Laura Yáñez?

— Laura Yáñez é um rascunho. Você viu os cadernos de caligrafia das crianças bagunceiras?

— Letra disforme, borrões. Ela salvou seu pai, Nico!

— Eu adoro a Laura por isso. Mas não sei se ela conseguirá salvar a si própria.

Patricia fica subitamente séria. Quase grave. Indica com o queixo que eu volte a observar a enseada.

— Tudo termina no mar.

— Não compreendo.

— Quer dizer, você sempre está aí e ao mesmo tempo aí está o infinito. Se o mar estiver perto, você põe tudo o que é ínfimo de todos os dias no infinito.

Bocejo com exagero.

— Você deveria conversar sobre essas questões com o professor Santos. Meu velho é fã de Aristóteles e de Anaximandro.

— Não saco o cara.

— Anaximandro é o mais antigo dos filósofos. Só um pequeno fragmento de sua obra foi conservado.

— Do que ele fala?

— Sei de cor: "Para o mesmo lugar de onde as coisas ganham ser elas haverão de voltar, segundo a ordem do Tempo." O louco ficou famoso com esse pedacinho de filosofia.

Patricia vai até a mesinha e levanta seu copo de cuba-libre meio vazio. Prova. Faz uma careta. Está morno.

— Peço gelo?

— Deixe quieto. Está na hora de voltar para Santiago. Meu velho deve estar me procurando para me matar. Deixei um bilhete espetado com alfinetes no travesseiro dele.

Assim que ela diz isso, soa a sirene de um carro de polícia muito perto do motel.

— Já chegou — sorri.

— Qual foi sua mensagem?

— Uma que ele, lamentavelmente, vai entender: "Virgindade, Valparaíso, Liberdade."

Abre os lábios finos num sorriso que me desarma. Meu Deus, como a amo! Como começo a desejá-la novamente!

— Gosta de mim?

Nego com a cabeça.

— Nem um pouco?

Assinto. Não gosto dela nem um pouco. Franzo os lábios de maneira depreciativa.

— Você me acha feia?

Assinto com entusiasmo. Acho-a hor-ro-ro-sa.

Patricia abre totalmente a cortina. Exibe os seios a Valparaíso e, com toda a força de seus pulmões, dedica-lhe uma *canzonetta*:

E che m'importa a me
se non sono bella
se ho un amante mio
che fa il pittore
che mi dipingerà
come una stella
e che m'importa a me
*se non sono bella.**

— Vamos voltar para Santiago — digo.

— Tem medo de mim?

— Um pouco. Acho que dom Adrián não vai matá-la, porque é italiano e sentimental e teria muita dificuldade de cometer um magnicídio, mas nada o impede de ter escrúpulos comigo. Entre todas as pessoas que conheço, neste momento devo ser eu o candidato a cadáver *number one* de sua lista.

---

* E que me importa / se não sou bonita / se tenho um amante / que é pintor / e me pintará / como uma estrela / e que me importa / se não sou bonita. (*N. do E.*)

Ela abre os braços, boceja com força e acompanha o gesto com a profunda exalação de um "Ahhhhh". Quando termina, levanta um dedo didático, como o de uma professora rural.

— Eu então acredito que todos voltaremos ao mar. Digo isso com base em Anaximandro.

Não me importa que a cuba-livre esteja morna. Bebo-a de um gole.

— O "Não" nos enlouqueceu — disse, fechando a janela, mas não consigo deixar de dar uma última olhada no mar. — "... sai de si mesmo a cada momento, diz que sim, que não, que não, que não, que não, diz que sim em azul, em espuma, em galope, diz que não, que não, que não."

— De Neruda?

— Do grande Neruda. Ou, como diria seu velho, do *fucking* Neruda.

QUARENTA E QUATRO

O professor Santos nunca havia visto o filho Nico de gravata. Vão juntos a pé até a cerimônia de formatura. Antes de sair do apartamento, verifica se no bolso interno do paletó estão a caixinha de cigarro e o isqueiro metálico Ronson, que sobreviveu às distrações e aos anos, e todos os sábados ele leva para carregar com gás num misto de tabacaria e chaveiro da avenida Ahumada.

Depois apalpa o nó da gravata verde com bolinhas azuis que Nico pediu emprestada ao amigo Che.

A cerimônia foi marcada para a tarde, mas o pai e o filho não alteram a rotina das manhãs. Saem do apartamento e, antes de saírem do elevador, o professor de filosofia acende um cigarro, segura o braço de Nico e vai fumando ao longo das duas quadras que os separam do portão de entrada do Instituto Nacional.

Chegando ao local, haverá um procedimento que eles executam de forma mecânica, mas hoje tem uma relevância alegre e especial: Nico Santos está saindo da escola secundária com uma média de notas mais do que aceitável.

Conseguiu sobreviver às turbulências da ditadura, ficou com a boca bem caladinha obedecendo, mais que aos conselhos, às ordens taxativas do pai. Só falou umas poucas vezes: às vezes mal, às vezes mais ou menos e às vezes bem, mas neste último caso teve a prudência de fazê-lo em inglês: "*To be or not to be.*" O professor Santos agradece à falecida esposa que seu filho tenha optado pelo "*be*". O "*not to be*" acabaria aniquilando-o.

Então, com um gesto histriônico que recordou a Nico as ironias do professor Paredes, atira a guimba na calçada e faz uma reverência ao jovem, dizendo-lhe que o príncipe pode pulverizar o que sobrou com a sola do sapato.

Nico Santos obedece com um prazer transbordante. É uma besteira que ele executa com alegria. Faz suas próprias contas:

O "Não" ganhou.

Seu pai está vivo. Se morrer um dia, será por causa do maldito cigarro forte e não pelo frio de um calabouço.

E, além disso, seu esperma saiu em disparada para o ventre da mulher amada como um *big bang*. Sua experiência pessoal lhe indica que o mundo que se criou foi para viver o amor com Patricia Bettini.

Ela foi convidada a assistir à cerimônia de formatura. Bettini já conseguiu clientes depois da campanha vitoriosa. Uma montadora de carro francês lhe entregou sua conta publicitária. E o *Le Monde* reconheceu sua genialidade. *Oh, la, la*. Comprou para a filha um vestido de finíssimo crepe de seda, com uma abertura milimetricamente calculada na altura das coxas, incrustações de miçangas e a badalada grife Armani.

Gastou o que não tinha, mas admite que o gênio de Pinochet pôs em circulação o cartão de crédito: a única maneira de ter o que não se pode ter. Depois dele, o dilúvio.

No entanto, Adrián impôs a Patricia uma condição que a garota aceitou com humildade: por ocasião de sua própria formatura, depois de três dias na Scuola Italiana, ela teria de usar a mesma roupa. Que nem sonhasse em dar uma de *vedette* internacional e ficar cheia de luxos, trocando de guarda-roupa a cada duas horas.

Na entrada do salão nobre há uma coroa de rosas brancas, folhagem e alguns cravos vermelhos. No alto, uma cartolina preta, pregada na parede com durex, alguém escreveu com letras amarelas: "Não esquecemos nossos mártires."

Há cinco nomes: de dois alunos e três professores. Um deles, dom Rafael Paredes.

As pessoas que chegam para a solenidade fingem não ver a cartolina. Desde a vitória do "Não", o tenente Bruna resolveu não voltar ao colégio. Mandou os soldados do jipe retirar suas coisas.

O coro do colégio canta o hino da instituição. A maioria dos alunos e responsáveis canta em pé: "Que vibre, companheiros, o hino do instituto, o canto do maior colégio nacional."

Nico Santos é mais um dos cinquenta e cinco alunos que estão se formando. O diretor irá entregando os diplomas um a um, e cinquenta e cinco vezes o público aplaudirá e o diretor tirará uma fotografia com cada aluno. Depois as fotos serão vendidas pelos fotógrafos aos familiares na porta de saída do colégio.

Os meninos parecem esquisitos de terno e gravata. Todos têm os cabelos desalinhados demais para toda aquela formalidade. A maioria coça o pescoço com o dedo indicador; outros afrouxaram o nó da gravata. Nico Santos e Che parecem comentar na segunda fila os lances de uma partida de futebol.

O professor Santos e seus convidados especiais, Adrián, Magdalena e Patricia Bettini, foram instalados na terceira fila. No encosto dos bancos há um pequeno cartaz que diz: "Corpo docente."

O professor Santos é um corpo docente.

O professor Paredes era um corpo docente.

Há um cartão num espaço da segunda fila fácil de ler, porque ninguém o ocupa. No respaldo se lê: "Senhora María, viúva de Paredes."

"Pois coube ao instituto a esplêndida sorte de ser o primeiro foco de luz da nação", canta o professor Santos sem tirar os olhos de Nico, que enxuga o suor com o dorso da mão sobre o tablado do cenário onde algumas semanas antes, ainda virgem, atuou em *A caverna de Salamanca*.

Bettini, por sua vez, não conhece a letra do hino. Ademais, sua atenção agora está sendo absorvida por um homem que abre caminho com dificuldade entre os joelhos que lhe impedem a passagem pela fileira e avança com decisão até junto dele, indicando que se afaste um pouco para lhe dar lugar. Quando chega ao lado dele, senta-se com um suspiro satisfeito e, sem olhá-lo, lhe estende a mão.

É o ministro Fernández.

— Como vai, Bettini? — pergunta, levantando as pernas das calças à altura dos joelhos.

— Ministro, o que está fazendo aqui?

O homem aponta um menino de pele morena e rosto afilado que lhe faz sinais do tablado.

Fernández responde balançando com simpatia os dedos da mão direita, sem levantar a mão acima do pescoço.

— Meu neto, Luis Federico Fernández, está se formando. É meu xodó. Quer ser engenheiro. E o senhor? O que está fazendo aqui?

Bettini não sabe o que responder. De repente recorre a uma imprecisão:

— Meu genro, quer dizer...

— Compreendo, o namorado da sua filha... Quer dizer, exatamente, o namorado da sua filha. Quer dizer, Nicolás Santos...

— Não, Nico Santos. Como sabe seu sobrenome?

— Não se lembra, Bettini? O professor de filosofia Rodrigo Santos. Correu tudo bem?

— Sim, ministro.

— *Ex*-ministro, não se esqueça! E como vai a vida?

— Bom, estou vivo. Imagino que graças ao senhor.

— Homem, você gosta de exageros!

— Mandei seus homens à merda.

— Ui, meu Deus! Que heroico!

— Nem tanto, doutor Fernández. Os operários da obra diante da minha casa estavam observando tudo.

— Não deixa de ser, de qualquer maneira.

Os dois aplaudiram o final do hino e redobraram a ovação quando o diretor entrou em cena para fazer seu discurso de boas-vindas.

— E o que anda fazendo, ministro?

— Vem aí a democracia. Estou pensando em alguma função em que possa exercer minha vocação de servidor público.

— Senador?

— Gostaria muito. Sou muito bom criando projetos, leis, essas coisas. Qual dos meninos ali em cima é o seu *genro*?

— O cabeludo da esquerda com uma gravata verde e azul.

— Sim, estou vendo. O que vai estudar?

— Se não for para ator, escritor. E seu neto?

— Engenheiro. Como o pai. Sabe que meu filho Basti votou "Não" no plebiscito?

— Seu próprio filho?

O doutor Fernández, alegre, deu pancadas nos joelhos com os punhos.

— Meu próprio filho. A democracia é uma maravilha, não acha?

— Apesar de ser "um exagero das estatísticas"?

— Apesar disso. É uma coisa tão terna. Imagine: aqui estamos, o senhor e eu, felizes da vida, juntos, vendo o futuro da pátria. Eu ao lado do meu neto mimado e o senhor acompanhando o jovem Santos. Só um parêntese, não consigo acreditar que ganharam da gente com uma valsa tão boboca.

— Uma valsa tão boboca, ministro?

— Uma valsa super-hiper-boboca, Bettini! Por que vamos dizer o que não é verdade!

— O senhor conhece a revista francesa *Actuel*, doutor Fernández?

— Que ideia! *Je ne parle pas français*.

— Acabam de publicar uma edição com as canções que mudaram o curso da história nos últimos cinquenta anos.

— Não me diga que incluíram sua boboquíssima "Valsa do Não"!

— Positivo! É a canção de 1988, ministro.

— E, nos outros anos, quem foram os vencedores?

— Jim Morrison, Beatles, Rolling Stones.

— E o que estão compondo agora?

— A fase das canções já passou, ministro. O próximo passo é ganhar as eleições com Olwyn e depois meter Pinochet na cadeia.

Fernández deu uma risada tão escandalosa que chamou a atenção das pessoas ao redor e até o diretor lhe dirigiu um olhar de reprovação.

— Hum. Parece que fiz uma cagada. Meter Pinochet na prisão? — indagou em voz baixa. — Isso vocês não vão conseguir, Bettini.

— Vamos conseguir, doutor Fernández.

— Não, não, não. "É tão maravilhoso dizer não..."

— Sim, sim, sim. Vamos conseguir.

— Não, não, não. Meu general não vai ser tocado nem por uma pétala de rosa.

Chegou a vez de Nico Santos receber o diploma. Patricia Bettini se levantou para aplaudir, e o público ao redor teve a oportunidade de admirar seu vestido Armani. Adrián Bettini ficou em pé e gritou "Bravo", e o professor Santos coçou a cabeça com um cigarro sem acender nos lábios.

O ex-ministro Fernández também se levantou e aplaudiu Nico junto com Bettini.

— Vamos voltar ao poder, Bettini — sussurrou em seu ouvido. — Dessa vez passo a passo, passinho a passinho, votinho a votinho.

— São os caprichos da democracia. O que nós conseguimos à custa de sangue, suor e lágrimas, vocês vão poder aproveitar sem que ninguém toque num só fio de seus cabelos. Um dia o exagero das estatísticas deporá a favor dos senhores. É a regra do jogo. Aplausos, ministro. O importante é que não saiam matando gente.

— Não fique preso ao passado, homem. A emergência já foi amplamente superada. Lembra quando o povo pediu ao exército que interviesse para impor a ordem? Quando pediram aos gritos um Pinochet?

— O senhor estudou no Instituto, doutor Fernández?

— Com muita honra. Faço parte da diretoria do centro de ex-alunos.

— Quem foi seu professor de castelhano?

— Dom Clemente Canales Toro.

— Então deve ter estudado com ele o Arcipreste de Hita.

— Lembro-me de alguma coisa.

— Um autor medieval. Está lembrado? O próprio dom Clemente versificou *El libro de buen amor* em espanhol moderno.

— Claro que sim. É muito divertido. O "Elogio à mulher pequenina", não é mesmo?

— Bravo! E não se lembra por acaso da fábula das rãs que estavam insatisfeitas e queriam que o deus Júpiter lhes mandasse outro rei?

— Não me lembro.

— E Júpiter manda uma cegonha que come as rãs de duas em duas com uma única bicada.

— Hum. Aonde quer chegar com esta história?

— Ao seguinte. As rãs que sobrevivem voltam a procurar Júpiter e reclamam: "O rei que nos mandaste, por nossas queixas vãs, dá-nos noites ruins e péssimas manhãs." Quer que lhe explique a fábula?

O doutor Fernández limpou com a palma da mão direita umas pelúcias grudadas na lapela de seu paletó.

— Não é necessário, Bettini. Como diz, a democracia é um exagero das estatísticas.

— É o *senhor* quem diz isso.

— Certo. É que a vida é assim mesmo: a cada um o que lhe é de direito. Agora é a vez de vocês. O importante é que, se ganharem o governo, vocês façam algo para acabar com esta coisa tão antipática de estigmatizar as pessoas, entre as que votaram "Sim" e as que votaram "Não". É preciso ser moderno e se sentar em cima das diferenças.

— O senhor pode se sentar no que quiser e onde quiser. Eu, não. A disputa entre o "Sim" e o "Não" vai permanecer por muito tempo, porque é uma questão de vida ou morte. Ou se deixam vivos os que pensam diferente ou se acaba com eles. Eu jamais esquecerei o que aconteceu.

— Que curioso; de minha parte, eu já esqueci.

— O senhor é muito moderno, *ex*-ministro.

O homem começou a aplaudir com energia. Lindas recepcionistas estavam chamando seu neto para receber o diploma das mãos do diretor.

Bettini limpou a palma das mãos nas coxas, depois levantou-as e uniu-se ao ex-ministro nos aplausos.

— A fábula das rãs, Bettini.

— A fábula das rãs — repetiu Adrián Bettini, aplaudindo carinhosamente.

Impresso na Geográfica,
em papel Pólen Soft 70 g/m² (miolo) e em Couchê Brilho 150 g/m² (capa),
e composto em Amster Gris.

Este livro foi elaborado pela TAG — Experiências Literárias
em parceria com a Editora Record.

Olá, tagger!

A mensagem de superação trazida ao fim do romance de Skármeta é fácil de ser transposta para os dias de hoje. E é sobre ela que fala este posfácio. Conversamos com o curador do mês, o escritor e "inventor de escritores" Luiz Antonio de Assis Brasil, sobre os tempos que vivemos, como a pandemia vai mudar a ficção brasileira e outras leituras mais.

Para que não se esqueça daquilo de que os personagens de Skármeta conseguiram escapar, o repórter Igor Natusch fez um apanhado de vítimas emblemáticas dos regimes militares.

Por último, em nosso espaço de crítica, o professor Enrique Padrós nos empresta seu conhecimento para conectar os fatos presentes no livro do mês ao presente – e ao futuro – da democracia na América Latina. "Pinochet", afirma Padrós, "foi derrotado e a ditadura acabou, mas a democracia real está distante daquela sonhada nos dias coloridos e esperançosos da campanha do Não". O final esperançoso do romance, no entanto, deixa-nos mais certos quanto à possibilidade de um futuro mais luminoso.

A alegria já vem, tagger.

Boa leitura!

“Se há tantas cabeças quantas são as maneiras de pensar, há de haver tantos tipos de amor quantos são os corações.”

Liev Tolstói, *Anna Karenina*

Ilustração do mês

Túlio Cerquize é designer gráfico e ilustrador. Trabalha com livros desde que pisou pela primeira vez em um escritório. Pela TAG já contribuiu nos projetos de *The Underground Railroad*, *Fique Comigo*, *Todas as cores do céu* e *Uma nova chance para o Sr. Doubler*. Vive em São Paulo e crê que a leitura é um grande agente de transformação pessoal e social.

Túlio retratou a cena em que o músico chileno Florcita Motuda toca piano no estúdio de Bettini. Motuda acredita que essa canção pode ser a melodia ideal para a campanha do "No".

Sumário

posfácio

05 Entrevista com Luiz Antonio de Assis Brasil

10 Vítimas de um tempo rude

14 O arco-íris da esperança

18 Mia Couto: O curador de novembro

Entrevista: Luiz Antonio de Assis Brasil

"A consciência brasileira, em grande parte, está impermeável à arte"

Inventor de escritores? Não é para tanto, diz o curador do mês, escritor responsável por lapidar grandes talentos da literatura brasileira em sua concorrida oficina anual em Porto Alegre. Romancista premiado, músico e professor, Assis – como é carinhosamente chamado por leitores e alunos – é partidário da leveza, algo que se vê tanto em sua prosa quanto em sua curadoria para a TAG. Nesta entrevista, ele mantém o ar leve ao conversar conosco sobre a música das frases, sobre os efeitos da pandemia na ficção brasileira e sobre a democratização da leitura.

TAG — Queria que você começasse contando como foi que se descobriu escritor.

Luiz Antonio de Assis Brasil – Penso que foi quando ganhei um concurso escolar – estadual – aos 11 anos, cujo tema era o cinquentenário da aviação. Mas, depois disso, me interessei por muitas outras coisas, entre elas a música. Depois, a literatura – daí "de verdade", já bem entrado nos 20 anos, quando escrevi um romance cheio de problemas, mas que foi um bom impulso para confirmar meu desejo de ser escritor. Um prêmio aqui, outro ali, e assim foi indo.

Texto:
Fernanda Grabauska

Fotografia:
Raul Krebs

Entre se descobrir escritor e ser estudado na aula de Literatura (lembro de ler *Concerto Campestre* para prestar vestibular, por exemplo), quando foi que você descobriu que queria ensinar outros escritores? Você pode contar um pouco da história da oficina de criação literária?

Tudo decorreu de uma conjunção de fatores, pouco controláveis, mas que, enfim, aceitei como propícios: em 1985 eu já era professor havia 10 anos e tinha três ou quatro romances publicados. Portanto: já sabia dar aulas, e, bom ou mau, era escritor. Tive notícias das oficinas americanas e, tempos de pré-internet, pedia via postal os currículos, os programas etc., e quando me responderam, eu já começara a trabalhar, criando uma metodologia e conteúdos. Pura intuição... Minha vontade era passar aos iniciantes algo da minha experiência, mas mais das minhas dúvidas e perplexidades. Sentia-me bem em ensinar, por exemplo, como se constrói um bom diálogo, como se faz uma boa descrição etc.

E o que você acha da alcunha de "inventor de escritores"?

Como expressão, é ótima, encanto-me ao ouvi-la, mas é totalmente descabida. Criou-se essa lenda, não sei de onde. O máximo que eu aceitaria seria "reunidor de escritores", pois é isso que eu faço. Eu os reúno e proponho temas para discussão, e criamos em conjunto. O resto é feito pelo tempo.

Como você acha que a pandemia vai afetar a ficção brasileira?

Pelo que percebo, poucos conseguem alienar-se das circunstâncias externas e concentrar-se em algo seu, pessoal, como é a ficção. Logo no início da pandemia, surgiu um movimento na internet pedindo textos ficcionais que tivessem a pandemia como tema; mas isso durou pouco tempo. O pessoal caiu na realidade.

Fotografia:
Raul Krebs

O que *O dia em que a poesia derrotou um ditador* significou para você como leitor? Quais foram seus pensamentos na hora de indicá-lo para a TAG?

Leveza e descomplicação para tratar de um assunto tão doloroso como as ditaduras latino-americanas. E o clássico otimismo do Skármeta. E seu senso de humor. Há cenas de puro riso, como aquela em que um sujeito maluco invade a casa do publicitário e quer transformar uma valsa de Strauss em slogan de campanha pelo "Não", no plebiscito convocado pelo Pinochet.

Tendo sido violoncelista e, imagino, ainda sendo músico, praticante ou não, fico curiosa: como você viu a questão da criação musical no livro? Essa inquietação em relação à música aparece também na sua obra. Como é traduzir a música para a literatura?

Sim, esse livro tem inúmeras alusões à música, que, em certo sentido, é uma espécie de linha condutora. Pensando abstratamente, a música guarda duas relações com o texto ficcional: por um lado, ela pode ser tema – central ou secundário – e, por outro, entendida enquanto ritmo, pode ser uma busca para o escritor. O ritmo da frase, se é que me faço entender. No final da minha novela *O pintor de retratos*, por exemplo, há isto: "e com olhos de sábio, olhos que tanto viram e tanto amaram, percorreu a solidez terrestre dos campos e o devaneio infinito das nuvens". Não sei se é boa literatura, mas eu quis que o leitor ficasse com esse ritmo nos ouvidos quando fechasse o livro.

O livro de Skármeta mostra a superação da ditadura pelo humanismo, pelo desejo de liberdade. É inevitável trazer alguns dos sentimentos de cerceamento vividos pelos personagens, em especial no que diz respeito à cultura, para a nossa realidade. Como você vê essa situação?

Esse livro poderia ser trazido para o Brasil de hoje, é claro, e por razões óbvias; entretanto, a consciência atual brasileira, em grande parte, está mesmerizada por slogans e impermeável à arte, ao pensamento e à sensibilidade, brutalizada por uma crescente verticalização do poder. O quadro é bem diferente do Chile da época do romance, em que havia ditadura feroz, mas, em contrapartida, um poderoso pensamento crítico, capaz até de ações épicas.

Por último: você vê muitos livros sendo escritos e lançados. De novo, em tempos como os nossos, como democratizar o acesso à leitura?

O papel do Estado é imprescindível nessa democratização, pois, com o poder econômico que detém, possui condições para fazer com que o livro chegue ao maior número de pessoas. Outro papel relevante deve ser dado às bibliotecas, especialmente as escolares, através da ampliação de seus acervos e da própria construção de novas unidades. Tudo isso, no contexto dos gastos públicos, é uma miséria. Basta a vontade de fazer. E isso cada vez está mais longe. Admiro iniciativas privadas como a da TAG, que consegue oferecer obras escolhidas a preço competitivo.

A estante do autor

O primeiro livro que li:
Os melhores contos de fadas chineses, aí pelos oito anos.

O livro que estou lendo:
Villa Amalia, de Pascal Quignard

O livro que eu gostaria de ter escrito:
Breve romance de sonho, do Arthur Schnitzler

O último livro que me fez chorar:
O perdido, de Hans-Ulrich Treichel

O último livro que me fez rir:
O perdido, de Hans-Ulrich Treichel (sim, o mesmo...)

O livro que eu não consegui terminar:
São várias dezenas... Mas para falar num só: *Notre-Dame de Paris*, de Victor Hugo.

O livro que eu dou de presente:
A fera na selva, de Henry James

O livro que mudou a minha vida:
Ai, muito forte. Mas o livro que me impressionou na juventude foi *O apanhador no campo de centeio*. Mudou minha vida por três ou quatro meses.

Vítimas de um tempo rude

Escritores, músicos, fotógrafos, cineastas, jornalistas: o ódio à cultura da ditadura militar chilena não poupava ninguém

Os ditadores odeiam a cultura. Afinal, a criatividade exige espírito livre, algo que os autoritários de todos os matizes não podem tolerar. O Chile de Augusto Pinochet, retratado por Antonio Skármeta no livro do mês, infelizmente não fugiu à regra. O momento de efervescência cultural vivido nas duas décadas anteriores, que chegara fortalecido aos dias de Salvador Allende no poder, foi interrompido de forma rude (e rancorosa) após o golpe de 11 de setembro de 1973. Alguns artistas foram ao exílio, como o diretor de cinema Miguel Littín e a escritora Isabel Allende; outros, infelizmente, pereceram nas mãos do regime. Abaixo, listamos alguns dos inúmeros chilenos ligados à arte e à imprensa que tiveram suas vidas interrompidas pela ditadura. Que nunca esqueçamos deles.

Rodrigo Rojas de Negri

Com apenas 19 anos, o jovem estudante de fotografia foi vítima de um dos crimes mais atrozes da ditadura. Filho de uma militante do partido comunista, Rodrigo saiu do Chile logo após o golpe de 1973, indo viver no Canadá e, depois, nos EUA. Em sua primeira visita ao Chile, tomou parte em uma manifestação em Santiago em 2 de julho de 1986, registrando imagens e auxiliando na construção de barricadas. Rodrigo e uma estudante de Engenharia, Carmen Quintana, foram presos por uma patrulha. Após um brutal espancamento, a barbárie:

Texto:
Igor Natusch

cobertos de gasolina, foram incendiados vivos e jogados em uma plantação. Carmen sobreviveu; Rodrigo agonizou quatro dias antes de falecer. A denúncia do Caso dos Queimados abalou fortemente a imagem de Pinochet no exterior, mesmo com um grande esforço do regime para eliminar evidências do crime.

Jorge Peña Hen

Compositor, regente e instrumentista, talvez o legado mais duradouro de Jorge Peña Hen tenha sido como educador. Criou a primeira Orquestra Sinfônica Infantil do Chile, e seu Plano de Ensino Musical voltado aos jovens foi pioneiro em toda a América Latina. Notório simpatizante de Salvador Allende, foi preso ainda em setembro de 1973, acusado de tráfico de armas – uma alegação que jamais se confirmou. Em 16 de outubro daquele ano, sob o pretexto de um último interrogatório antes de ser libertado, caiu nas mãos da Caravana da Morte, que tinha amplos poderes para "agilizar" os processos contra presos políticos: acabou torturado e morto a tiros. Hoje, seu método de ensino musical está incluído no Plano de Erradicação da Pobreza do Unicef.

Charles Horman

A brutalidade da ditadura chilena não derramou apenas o sangue de seus conterrâneos. Após anos de trabalho nos EUA, o jornalista e documentarista norte-americano Charles Horman decidiu embarcar, ao lado da esposa Joyce, para uma jornada pela América Latina – que os acabou levando ao Chile, onde ele trabalhou como repórter freelancer. Menos de uma semana depois do golpe contra Allende, Horman foi preso e conduzido ao Estádio Nacional, em Santiago. De lá, não saiu com vida. Uma acusação formal contra Horman nunca surgiu; sabe-se, porém, que ele preparava uma matéria sobre a morte do general René Schneider, notório por ter se oposto a uma ação militar contra a posse de Allende em 1970. A luta de Joyce Horman para esclarecer a morte do marido foi retratada no filme *Desaparecido – Um grande mistério* (1982), do cineasta grego Costa-Gavras.

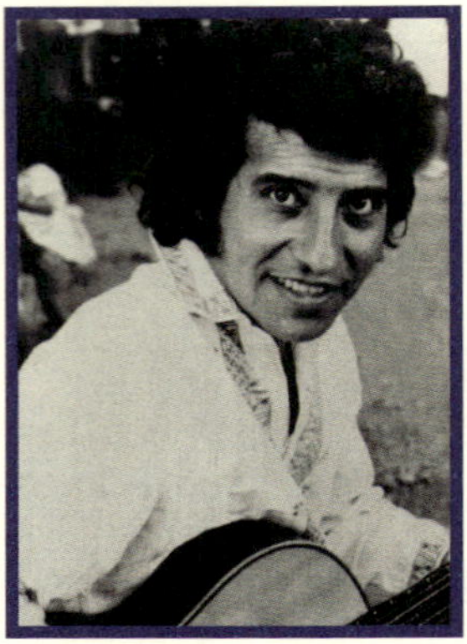

Víctor Jara

Das mais de 40 mil vítimas do regime militar chileno, Víctor Jara talvez seja a mais emblemática. Ao deixar de lado uma marcante carreira teatral em nome da fusão de sonoridades folclóricas e letras engajadas, Jara liderou a renovação cultural que tomou conta do Chile nos anos de Salvador Allende. Por outro lado, seu aberto antagonismo aos conservadores encheu seus inimigos de rancor. Dias depois do golpe, em setembro de 1973, a ignorância assassina dos militares manifestou-se de forma cruel. Conta-se que seguiu altivo diante da morte: com as mãos esmagadas, respondeu aos algozes, que debochavam pedindo que tocasse violão, cantando o tema *Venceremos*, que embalou a campanha presidencial de Allende em 1970. Morto, teve seu corpo atirado no meio da rua, para encher de medo os presos pelo regime. A música de Jara, porém, sempre teve efeito contrário, e segue um símbolo da arte revolucionária em todo o mundo.

Juan Maino Canales

Jovem fotógrafo especializado em retratos de temática social em preto-e-branco, Juan Maino Canales estava no final do curso de Engenharia Mecânica quando caiu nas mãos dos militares chilenos. Integrante do Movimento de Ação Popular Unitária (MAPU), foi sequestrado em 26 de maio de 1976, junto com um casal de amigos que esperava o primeiro filho. Nenhum deles reapareceu desde então. Apenas em 2012, os responsáveis pela tortura e morte do jovem (entre eles, o infame general Manuel Contreras, chefe das forças de repressão política de Pinochet) foram condenados pelo crime. Suas fotos foram lançadas em livro e receberam exposições póstumas – iniciativas promovidas em especial pelo governo da Itália, já que o pai de Maino era cidadão italiano.

José Tohá

O destacado jornalista foi, durante cerca de uma década, editor do Las Notícias de Última Hora, um dos mais importantes veículos da imprensa chilena nos anos 1960 e 1970. Filiado ao Partido Socialista desde os tempos de universidade, foi convidado por Salvador Allende para ser ministro do Interior e vice-presidente. Quando Tohá foi acusado por conservadores de encorajar o surgimento de milícias paramilitares de esquerda, Allende respondeu nomeando-o ministro da Defesa, em um desafio aberto a seus detratores. Capturado no palácio de La Moneda, em meio aos eventos de 11 de setembro de 1973, Tohá passaria cerca de oito meses preso, submetido a repetidas torturas e interrogatórios. Em 15 de março do ano seguinte, sucumbiu: os militares alegaram que se enforcou no quarto de hospital, em uma "crise de depressão" que nunca convenceu seus familiares. Após a retomada da democracia, a esposa Moy de Tohá e a filha Carolina ocupariam cargos importantes na política e na diplomacia do Chile.

Pablo Neruda

O genial poeta e Nobel de Literatura não chegou a testemunhar a derrocada democrática do Chile. Ficou doente no mesmo dia do ataque a La Moneda; dias depois, foi transferido às pressas para a Clínica Santa María, em Santiago, onde faleceu em 23 de setembro de 1973. Nos registros oficiais, a morte foi atribuída a um ataque cardíaco, decorrente de um câncer de próstata; desde o início, porém, muitos suspeitaram de envenenamento ou injeção letal. Após décadas de especulação, o corpo do poeta foi exumado em 2013, e os testes descartaram a presença de veneno ou substâncias químicas. Não foi o fim da dúvida, porém: análises posteriores apontam sinais de uma possível bactéria cultivada em laboratório, e indicam que o estágio do câncer não era tão avançado que explicasse uma morte repentina.

Crítica

O arco-íris da esperança

A campanha do "No" foi uma brisa de esperança para uma sociedade chilena marcada a ferro e fogo pela ditadura do general Pinochet. Após 15 anos do golpe de Estado contra o governo da Unidade Popular (UP), o regime precisava legitimar-se diante das críticas da opinião pública internacional. Sendo assim, convocou um plebiscito para que a população decidisse se queria que o ditador continuasse na presidência. A escolha era entre *Sim* ou *Não*. *O dia em que a poesia derrotou um ditador* é uma reconstituição vigorosa desse memorável ato de resistência.

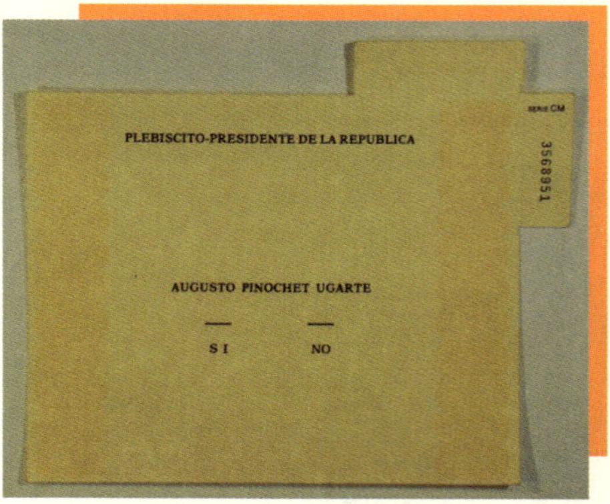

Após o golpe contra Allende, a ditadura acabou com as medidas sociais do seu governo, perseguiu organizações políticas, esvaziou as liberdades individuais, impôs uma dura censura, encarcerou, torturou, assassinou, desapareceu com opositores e promoveu atentados fora do país. Além disso, privatizou, desindustrializou e desnacionalizou a economia em benefício do capital estrangeiro, transformando o Chile no primeiro laboratório mundial do neoliberalismo.

Texto:
Enrique Serra Padrós

Imagens:
Museu da memória e dos direitos humanos do Chile

As duas tramas entrelaçadas que compõem a novela de Antonio Skármeta estão recheadas de traços cotidianos impactados pela repressão vigente. Tanto a trama do publicitário Adrián Bettini e dos meandros da campanha pelo "No" quanto a do estudante Nico, seu pai (e professor) e a namorada Patricia evidenciam dificuldades, temores e comportamentos de uma cultura do medo que perpassa toda a sociedade.

As ditaduras não convocam plebiscitos para perder. Em 1980, Pinochet, de forma fraudulenta, havia beneficiado desse artifício. Em 1988, a oposição avaliava que o novo plebiscito era outra farsa e que suas chances eram nulas. Mas e se fosse uma oportunidade para revelar ao mundo a realidade do país?

Assumido esse entendimento, um imperativo ético se impôs de imediato: a denúncia devia focar nas vítimas do regime. A discordância entre Bettini e os líderes da oposição quanto ao teor da campanha expõe traços de pragmatismo, dever de memória, compromissos éticos, conflitos geracionais, marketing político etc. Bettini infere que parte da população está anestesiada e que, para obter o voto dos indiferentes, dos temerosos e até dos seguidores do general, deve-se

Fotografia: Biblioteca do Congresso Nacional do Chile

apresentar uma mensagem de esperança e otimismo, esquecendo os rancores do passado. A irreverência juvenil ajuda a sua estratégia. Os jovens, ao aportar novos símbolos e códigos na luta contra a opressão, oxigenam as formas tradicionais de fazer política. Tendo aprendido a conviver com o autoritarismo cinzento do regime, reconhecem-se na alegria da pegajosa *Valsa do não* – do extravagante Florcita Motuda -, na letra de *Chile, la alegría ya viene* e no arco-íris da campanha, essa "coisa bela que surge depois de uma tempestade" e que encarna a diversidade na unidade, como os partidos que apoiam o "No". O premiado e controverso filme *No* (2012), de Pablo Larraín, traz muito dessas imagens e situações.

A narrativa fluida e com pitadas de humor de Skármeta não escamoteia a crueldade do contexto. O temor está presente na detenção de Bettini e nos

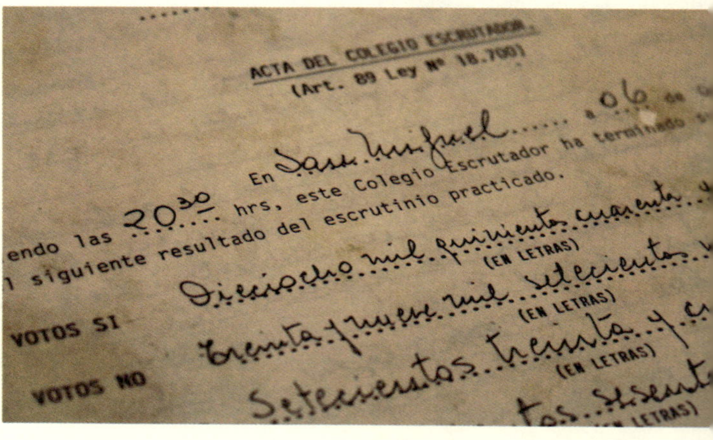

Fotografias:
Marco Ugarte

Museu da memória e dos direitos humanos do Chile

sequestros dos professores Santos e Paredes (este último, com alusão direta ao caso *Degollados*). Menção especial merece a lembrança de um Víctor Jara que não é nomeado, o que ressalta, ainda mais, o horror indizível da sua morte.

Na campanha pelo "Sí", um Pinochet repaginado se apresenta ao público, sem óculos, de terno, sorrindo e carregando crianças. Mesmo assim, o *Não* vence com 55,99% dos votos. Apesar da pretendida transmutação, o eleitorado não dissociou sua imagem da miséria das *poblaciones* ou da desnacionalização da economia; tampouco se esqueceu da temível DINA, da Operação Condor ou da morte de Allende em La Moneda, fatos bem analisados nas obras de autores como Patricia Verdugo, Ariel Dorfman e Javier Rebolledo.

A novela conclui com um encontro casual entre Bettini e o poderoso ex-ministro do Interior, Dr. Fernández, oportunidade para um premonitório diálogo. Quando Bettini confidencia que um dos passos a seguir é "meter Pinochet na cadeia", seu interlocutor, conhecedor das entranhas do poder, dá uma sonora gargalhada e responde, seco: "Meter Pinochet na prisão? Isso vocês não vão conseguir". Uma década depois do plebiscito, Pinochet era detido em Londres, acusado de crimes de lesa-humanidade; era o início do seu calvário final. Aquele que uma vez afirmara que *en este país no se mueve una hoja sin que yo lo sepa* morreria execrado pela maioria dos seus concidadãos.

No século XXI, o Chile continua dividido. Nas mobilizações contra o neoliberalismo herdado da ditadura, há muita indignação. As privatizações não foram revertidas, mas o protesto social é criminalizado. Pinochet foi derrotado e a ditadura acabou, mas a democracia real está distante daquela sonhada nos dias coloridos e esperançosos da campanha do "No". Essa pequena obra de Skármeta faz justiça àqueles dias, e enquanto instigante libelo contra a prepotência do poder, sua leitura alimenta a esperança, sobretudo em tempos de intolerância, ódio e perplexidade.

O curador de dezembro

Mia Couto

Um dos curadores mais pedidos por taggers finalmente chega ao clube. Mia Couto dispensa apresentações: o moçambicano há décadas encanta o mundo com sua sensibilidade em uma prosa poética e repleta de elementos mágicos. Autor de romances como *Terra sonâmbula* (1992), *A confissão da leoa* (2012) e *O outro pé da sereia* (2006), Couto indica à TAG um livro inédito no Brasil, que é sardônico e reflexivo na mesma medida. Nele, um garoto órfão descobre na infância que crescer em meio à revolução Marxista-Leninista do Congo não será tarefa fácil. Entre o catecismo do orfanato e as gangues portuárias da capital do país, o menino assiste, estupefato, à degradação humana causada pelo descaso com o povo em uma narrativa ágil e contundente.

"Uma litania da perda e da injustiça"
(The Guardian)

"O *Oliver Twist* africano dos anos 1970"
(Les In*rock*uptibles)

Fotografia:
Divulgação

Erramos! Ao contrário do publicado nesta seção da edição passada, o curador Luiz Antonio de Assis Brasil não é editor da *Parêntese*.

Olá, tagger!

Você já ouviu falar de Florcita Motuda? Não? Pois então: trata-se de um sujeito franzino, vestido em uma capa estrelada como a do Mickey Feiticeiro em *Fantasia*, só que com um chapéu de antenas na cabeça. Procure uma foto e veja por si: o músico chileno é um esquisitão.

Tagger, a literatura mostra que, muitas vezes, recai sobre os esquisitões a responsabilidade de salvar todo mundo na história. "Quando as coisas ficam estranhas, os estranhos viram profissionais", já diz Hunter Thompson, e com Florcita Motuda não foi diferente. Valendo-se de uma melodia conhecida – o *Danúbio azul*, de Strauss –, ele criou uma canção com surpreendentes 77 "nãos" em sua letra... e fez a ditadura do Chile valsar.

Esta não é a única música que embala *O dia em que a poesia derrotou um ditador*. O livro que você recebe este mês é um manifesto sobre como a esquisitice pode nos salvar: a sensibilidade que aflora em tempos de crueldade indizível pode ser nosso principal esteio na (re)conquista da liberdade.

Este prefácio apresenta os esquisitos que transformaram a campanha pelo Não à ditadura chilena, realizada em 1988, em um sucesso. Você vai conhecer a trajetória do adorável Antonio Skármeta, autor do romance, e dos eventos que deram origem à sua versão romanceada desse incidente, além de ler mais sobre outros romances que têm as ditaduras do Cone Sul como tema.

Abrace sua esquisitice, tagger. Boa leitura.

TAG curadoria

novembro/2020

TAG Comércio de Livros Ltda.

Rua Câncio Gomes, 571 | Bairro Floresta
Porto Alegre – RS | CEP: 90220-060
(51) 3095-5200

taglivros
contato@taglivros.com.br
www.taglivros.com

Edição
Fernanda Grabauska

Redação
Fernanda Grabauska
Igor Natusch
Laura Viola Hübner
Luísa Santini Januário
Nicolle Ortiz
produto@taglivros.com.br

Revisão
Antônio Augusto da Cunha
Gustavo Lembert da Cunha
Rafaela Pechansky
Liziane Kugland

Impressão
Impressos Portão

Projeto Gráfico
Bruno Miguell M. Mesquita
Kalany Ballardin
Paula Hentges
design@taglivros.com.br

Capa
Leticia Quintilhano
leticiaquintilhano@gmail.com

Como manusear a nova revista

Ao chegar à página dupla que separa prefácio e posfácio, gire a revista no sentido inverso.

Recomece a leitura a partir da contracapa e divirta-se!

Sumário

prefácio

05 O livro indicado: *O dia em que a poesia derrotou um ditador*

09 Unboxing

10 A alegria de dizer "não"

14 Escrever é resistir

O livro indicado

O dia em que a poesia derrotou um ditador

de Antonio Skármeta

Fugindo de um Chile tomado pelo autoritarismo, Antonio Skármeta usou a imaginação para fazê-lo mais belo, divertido – e real

O sol brilhava em Santiago na manhã de 11 de setembro de 1973. Supõe-se que havia janelas no escritório de Antonio Skármeta na Universidade do Chile, então é provável que ele não tivesse dúvida alguma sobre as condições do tempo. Ainda assim, o rádio anunciou que havia "chuva sobre Santiago" – e o então professor de Literatura entendeu, sem pestanejar, que não se tratava de simples engano do locutor. Na verdade, o profissional estava falando em código, e trazia notícias tão pesadas quanto as nuvens de seu boletim meteorológico: o Chile estava sofrendo um golpe de Estado.

A mensagem disparou preparativos frenéticos por parte de Skármeta. Enquanto o regime de Augusto Pinochet dava início a seu reino de terror, aprisionando milhares de chilenos e transformando estádios de futebol em campos de concentração, o escritor escapava às pressas para a Argentina, onde seu terceiro livro, *Tiro libre*, acabara de ser lançado. Na rancorosa ditadura que começava a consumir a democracia chilena, ser simpatizante do presidente Salvador Allende era suficiente para ser preso, torturado e/ou assassinado – e Skármeta, notório apoiador do governo socialista deposto, preferiu fugir do país antes de pagar para ver.

Texto:
Igor Natusch

Fotografia:
Recorte da capa de *O dia em que a poesia derrotou um ditador*

A democracia sempre havia sido um conceito importante, tanto para Skármeta quanto para o próprio Chile. Em meio aos muitos golpes e crises políticas que sacudiram os países vizinhos, os chilenos tinham conseguido manter uma situação relativamente estável – muito embora os fantasmas do autoritarismo rondassem o país pelo menos desde a eleição que colocou o socialista Allende no poder, em 1970. O brutal golpe militar de 1973 foi um rompimento ríspido, e tanto Chile quanto Skármeta carregaram as marcas desse evento pelos anos seguintes.

Filho de croatas, o escritor chileno achou um novo lugar no mundo no bairro de Charlottenburg, em Berlim, na Alemanha. Demorou bastante tempo para dominar o idioma alemão, e precisava da ajuda dos filhos, então com sete e nove anos, como tradutores no cotidiano. Isso ampliou a sensação de exílio e moldou decisivamente os livros que viriam a seguir.

Publicado em 1978, *Não foi nada* beira o autobiográfico, contando a história de um jovem chileno que foge para Berlim com sua família. Mas foi apenas depois dessa obra que Skármeta achou sua forma particular de falar do Chile: uma mistura sensível de ficção e realidade, usando acontecimentos e pessoas reais para construir histórias de vida capazes de divertir e emocionar na mesma medida. Um formato que já surgiu de forma arrebatadora com aquele que é seu livro mais famoso: *O carteiro e o poeta* (1985). Originalmente pensada para ser uma radionovela, a história que coloca o poeta Pablo Neruda (amigo pessoal de Skármeta) a dar dicas amorosas ao homem que entregava suas cartas tornou-se um sucesso internacional, gerando duas adaptações para o cinema – a segunda, dirigida por Michael Radford, chegou a concorrer ao Oscar de melhor filme em 1995.

Mas talvez *O dia em que a poesia derrotou um ditador* seja o momento em que esse jogo criativo entre o que foi e o que poderia (ou até mesmo parece) ter sido ganha sua dimensão definitiva. Nascido originalmente como uma peça teatral chamada *El plebiscito*, o texto até então inédito fascinou o diretor chileno Pablo Larraín, e acabou transformado em *No* (2012), longa premiado

em Havana e Cannes e que chegou a concorrer ao Oscar de melhor filme estrangeiro. Não é algo inédito para Skármeta: apaixonado pelo cinema, o autor escreveu roteiros para vários filmes, e virou película até no Brasil, onde Selton Mello adaptou a novela *Um pai de cinema* para o longa *O filme da minha vida* (2017).

Na obra de Larraín, o ator Gael García Bernal encarna René Saavedra, um publicitário cheio de ideias fora da caixa, mas pouco ligado em política. Contra a vontade de seu chefe conservador, que o queria trabalhando para o governo, ele desequilibra o plebiscito chileno de 1988 ao criar uma campanha positiva e bem-humorada para os opositores do regime, rompendo o clima de medo e silêncio e forçando Pinochet a deixar o cargo. Uma história tão incrível que, muitas vezes, até parece mentira – embora seja verdade, mesmo sendo ficção. Uma mistura que cai bem no gosto da imaginação fervilhante de Skármeta, ainda que a versão do escritor (e que os taggers poderão conhecer a partir de agora) seja, ela mesma, bem diferente do que acabou aparecendo na telona.

Na peça, que, depois de virar filme, acabou também virando livro, o confiante e vibrante Saavedra chama-se Adrián Bettini, um amoroso pai de família de meia idade, engajado politicamente, mas descrente das possibilidades de mudança e da própria qualidade da campanha que estava produzindo. Ao invés de convencer as pessoas à sua volta, como o personagem de Bernal faz no cinema, é o publicitário que vai sendo convencido (*pero no mucho*) pelas figuras que surgem em seu caminho, em uma jornada que deve render algumas boas gargalhadas a leitores e leitoras. Um bom humor que não afasta os aspectos dramáticos do momento histórico: Nico, o namorado da filha de Bettini, sofre as angústias do sumiço do pai professor, e as mortes e ameaças seguem fortes enquanto o Não vai ganhando força no coração do eleitorado.

Não se trata de uma reportagem, é claro. *No* chegou a receber críticas no Chile, com nomes ligados aos eventos históricos reclamando que o filme simplifica demais as disputas daqueles dias tensos e gloriosos. Skármeta, no entanto, gostou das mudanças, e defendeu várias vezes a liberdade de pensar em cima da realidade para criar algo novo e, quem sabe, até mesmo realçar os acontecimentos. *O dia em que a poesia derrotou um ditador* inventa em cima das coisas que de fato foram e, ao mesmo tempo, transborda de amor e de gratidão pelos chilenos e chilenas que colocaram Pinochet para fora do governo – um acontecimento que permitiu o retorno de Skármeta ao Chile, logo depois das eleições livres de 1989.

Após voltar a Berlim durante alguns anos, como embaixador chileno na Alemanha, o escritor regressou a Santiago em definitivo, onde hoje reside com sua segunda esposa, Nora Preperski, e o filho mais novo, Fabián. Seus filhos do primeiro casamento, Beltrán e Gabriel, preferiram seguir vivendo em solo alemão, onde construíram suas vidas e carreiras.

A volta à democracia nunca é fácil, e o presente do Chile não é perfeito. Mas a vitória de que fala *O dia em que a poesia derrotou um ditador* é uma conquista duradoura, e é justo considerar que a história – do país e de Antonio Skármeta – teve um final feliz. Em entrevista de 2017, Skármeta garantiu que a distância continental que separa sua família em duas não é um problema: segundo ele, se você vive em uma democracia e seus parentes também, sua mente está livre para ficar em paz.

Skármeta (D) com o poeta Sipho Sepamla em 1981

Fotografia: Hans van Dijk/Anefo, Arquivo nacional da Holanda

unboxing

Projeto gráfico

"Como transformar uma palavra negativa em uma coisa positiva?". Esse é o questionamento que Bettini se faz ao assumir a responsabilidade de coordenar a campanha do "No", que decidiria sobre a continuidade de Pinochet no governo. Na capa, a imagem de um punho simboliza a resistência em tempos sombrios, emblema comum a todos os países latino-americanos. As cores vibrantes traduzem a imagem do arco-íris, representando a espera de um horizonte mais colorido depois de uma longa tempestade, além de estar presente graficamente na campanha do "No" – afinal, *a alegria já vem*.

Mimo

Se tem uma lição que podemos tirar da obra de novembro, é o poder que as palavras têm. Duas letras decidiram o futuro da sociedade chilena no final da década de 1980. Esse potencial não é novidade para os taggers, que confiam no poder transformador da literatura. Por isso, o mimo de novembro é um convite para aproveitar a postura contraventora latino-americana e extrapolar o uso das palavras, divertindo e desafiando.

A alegria de dizer "não"

Cansada de ser chamada de ditadura, a ditadura de Pinochet resolveu brincar de democracia – e foi derrubada na força do voto

Uma das belezas de *O dia em que a poesia derrotou um ditador* está no modo como a imaginação de Antonio Skármeta dá contornos ao mesmo tempo belos, cômicos e trágicos ao que, de fato, foi um dos momentos definidores da história política do país. No plebiscito de 5 de outubro de 1988, a maioria do eleitorado disse não ao regime de Augusto Pinochet e disparou o começo da retomada democrática no Chile. Uma consulta popular que saiu do controle, chutando para fora os que transformaram a democracia em sangue e repressão. Uma história que quase parece boa demais para ser verdade – e que talvez seja mesmo, muito embora tudo tenha acontecido no mundo real.

A pergunta é um tanto óbvia, então vamos direto a ela: como um governo autoritário e repressivo topou promover uma eleição que acabou por tirá-lo do poder?

Para entender a resposta, é preciso mergulhar não apenas na mente dos responsáveis pelo regime, mas no próprio sentimento coletivo da segunda metade dos anos 1980. No exterior, o governo de Pinochet era visto cada vez mais como uma ditadura cruel e ignorante, e países vizinhos – como Argentina, Uruguai e Brasil – deixavam para trás os infames anos de arbítrio, isolando cada vez mais o Chile no continente. Da mesma forma, os 15 anos sem transição começavam a enervar mesmo os mais ferrenhos apoiadores, como os Estados Unidos (como comparativo, o Brasil já estava no quarto presidente no mesmo período). Claro que, mesmo com essa onda desfavorável, Pinochet e seus aliados mais

Texto:
Igor Natusch

próximos não tinham qualquer vontade de deixar o poder – e enxergaram no referendo não um risco, mas uma oportunidade de reafirmação.

Aprovada em um processo cheio de fraudes, a Constituição chilena de 1980 estabelecia um período de "transição", iniciado em março de 1981 e com oito anos de duração, no qual Pinochet seguiria comandando o Executivo, enquanto a Junta Militar exerceria o papel de Legislativo. Ao fim desse longo mandato "provisório", caberia às Forças Armadas indicar um nome à presidência, cuja escolha receberia o sim (ou o não) do povo em uma votação aberta. Na cabeça dos manda-chuvas do regime, bastaria um olhar "atento" às zonas eleitorais para evitar que a palavra das urnas fugisse ao controle. Tão confiante estava o governo que, mesmo com apelos de boa parte das Forças Armadas por um candidato civil, Pinochet se fez de surdo e insistiu em ser ele próprio o indicado, ao melhor estilo *vamos-mudar-não-mudando*.

Já para as forças políticas contrárias a Pinochet, o plebiscito era uma oportunidade gigante, ainda que de difícil concretização. Ninguém acreditava muito que a votação pudesse ser limpa, e a multiplicidade de pensamentos envolvidos na campanha (nada menos que 17 partidos, em um espectro que ia da esquerda radical até a centro-direita) tornava difícil criar consensos em torno da campanha. Uma das principais divergências era quanto ao tom das mensagens: alguns queriam que a campanha do "No" fosse uma grande denúncia às reiteradas violações de direitos humanos por parte da ditadura, enquanto as alas mais ao centro se opunham a qualquer exaltação ao presidente deposto Salvador Allende – o que, segundo eles, afastaria muitos eleitores mais moderados, ainda temerosos de uma pretensa ameaça comunista.

Para casar todos os interesses, a equipe do "No" (que teve como chefe de campanha o advogado e futuro secretário-geral da presidência Genaro Arriagada) concentrou-se em duas tarefas principais: um intenso trabalho de campo, garantindo que eleitores dispostos a votar contra Pinochet não faltassem às urnas, e a construção de uma campanha televisiva repleta de otimismo e esperança.

Exibidas durante um mês, as entradas do "No" intercalavam momentos de denúncia com muita música e dinamismo. Celebridades internacionais (como Sting, Paloma San Basilio, Christopher Reeve e Jane Fonda, entre outras) apareciam na tela com mensagens de incentivo. O logo da campanha fazia uso do arco-íris, simbolizando a união entre correntes opostas – o que também era acentuado nos depoimentos, com conhecidos políticos de direita e líderes da resistência de esquerda discursando lado a lado em prol da democracia. Seja como for, o uso da música foi certamente um dos pontos decisivos de toda a campanha. O jingle *Chile, la alegría ya viene* trazia uma letra que afastava o medo de mudança, iluminando as ruas com a esperança no futuro:

Porque nace el arco iris después de la tempestad
Porque quiero que florezcan mis maneras de pensar
Porque sin la dictadura la alegría va a llegar
Porque pienso en el futuro, voy a decir que no!

Vamos a decir que no – con la fuerza de mi voz
Vamos a decir que no – yo lo canto sin temor
Vamos a decir que no – todos juntos a triunfar
Vamos a decir que no – por la vida y por la paz

Peças gráficas da campanha pelo "não"

Imagens: Biblioteca Nacional Digital do Chile

A canção era tão grudenta que, em anos posteriores, mesmo militares ligados à campanha do "Si" admitiram que se pegavam cantarolando o refrão da música adversária de vez em quando.

As inserções a favor de Pinochet, por sua vez, soavam pesadas e mal-humoradas em comparação. Embora o tema musical falasse em *Un horizonte de esperanza*, a verdade é que a campanha quase não trazia mensagens positivas: ao invés disso, apostava no medo do chileno médio, insinuando que uma mudança poderia trazer de volta o caos de 1973. Como o próprio Pinochet longe estava de ser uma figura carismática, as chamadas preferiam martelar insistentemente em indicadores econômicos positivos, o que pouco fez no sentido de sensibilizar o eleitorado.

A virada e o tapa na cara

Nas duas semanas anteriores ao voto, as inserções do "Sí" passaram a imitar a linguagem do "No", com uso extensivo de testemunhos e a adoção de imagens coloridas e dinâmicas. Outra medida de última hora caiu sobre a imprensa da época, pressionada para retratar as manifestações pró-governo como um estrondoso sucesso – mesmo que as marchas do lado contrário, com ameaças de soldados fardados e tudo, fossem visivelmente maiores. Tudo inútil: nos dias anteriores ao pleito, a sensação de que o "No" venceria era tão grande, dentro e fora do Chile, que uma eventual fraude eleitoral pareceu arriscada demais para ser levada adiante.

Para uma ditadura que esperava sair mais forte, o resultado das urnas foi um tapa na cara: o nome de Pinochet foi recusado por 56% dos votos, com quase 4 milhões de chilenos exigindo que o general calçasse as pantufas e voltasse para casa. Não foi bem assim, é claro: na iminência de deixar o poder, o ditador inventou para si o cargo de senador vitalício, em uma forma de escapar das garras da Justiça. Ainda assim, a democracia e a alegria voltaram ao Chile, pela força do voto popular – dando início a um processo de reconciliação com o passado e à longa e sofrida punição a torturadores, que segue até os dias atuais.

Escrever é resistir

A truculência não se dá bem com livros – e não foram poucos os que usaram a literatura para enfrentar os ditadores da América do Sul

O governo ditatorial de Augusto Pinochet tornou-se notório por incendiar bibliotecas inteiras, às vezes pelos motivos mais caricatos. Foi célebre, por exemplo, a preocupação dos censores chilenos com livros sobre cubismo: na cabeça deles, as enigmáticas pinturas escondiam elogios à Cuba de Fidel Castro. Essa mistura de brutalidade e burrice rendeu, segundo o próprio regime, pelo menos 15 mil volumes incendiados – embora opositores garantam que o número real deva ser muitas vezes maior.

Seja como for, o ódio autoritário nunca foi suficiente para impedir que livros fossem escritos. Mesmo nas noites mais escuras da América do Sul, não foram poucos os que se colocaram diante do papel em branco para contar o que viviam – muitas vezes, colocando em risco a própria vida. A seguir, listamos alguns autores importantes para quem deseja mergulhar mais fundo no que foi escrito e vivido durante as ditaduras no continente.

Texto:
Igor Natusch

Fernando Gabeira

É impossível falar de livros sobre a ditadura sem mencionar uma das obras máximas sobre o assunto na literatura brasileira: *O que é isso, companheiro?* (1979). Na obra, o jornalista Fernando Gabeira narra seus tempos de militante no Movimento Revolucionário 8 de Outubro, o envolvimento no sequestro do embaixador norte-americano Charles Elbrick em 1969 e o exílio no exterior, após ser ferido e preso pela ditadura militar. O livro teve mais de 250 mil exemplares vendidos e virou filme em 1997, com direção de Bruno Barreto. Após voltar ao Brasil em 1979, Gabeira ingressou na política: foi eleito deputado federal por quatro mandatos consecutivos e chegou a concorrer à Presidência da República como um dos fundadores do Partido Verde.

Mauricio Rosencof

Ícone da literatura e da dramaturgia no Uruguai, Rosencof foi líder dos Tupamaros, movimento político que atuou como guerrilha urbana durante os anos 1960 e 1970. Em 1972, foi preso, ao lado dos companheiros Eleuterio Fernández Huidobro e José Mujica. Vistos pelo regime como "reféns", eram submetidos a frequentes sessões de tortura, e poderiam ser executados caso qualquer ação de guerrilha fosse tomada contra a ditadura. O tormento só teria fim em 1985, quando os tupamaros foram anistiados. Os horrores da prisão e a dor dos desaparecidos políticos surgem em várias obras de Rosencof, como *Memórias do calabouço* (1989, escrito em parceria com Huidobro) e *As cartas que não chegaram* (2000), no qual amarra sua própria história com a de seus pais, judeus poloneses que escaparam por pouco das garras do nazismo.

Alfredo Sirkis

Talvez não tão famoso quanto a obra de seu companheiro Gabeira, *Os carbonários* (1980) é um livro igualmente importante para entender os movimentos de esquerda no Brasil sob a ditadura. Nele, Alfredo Sirkis recorda o

período entre outubro de 1967 e maio de 1971 – tempo em que se engajou no movimento estudantil, passou para a guerrilha urbana e participou de sequestros de embaixadores, ao lado do notório Carlos Lamarca. Exaurido, fugiu do Brasil em 1971; curiosamente, estava no Chile quando do golpe de setembro de 1973, escapando às pressas para a Argentina. Além de *Os carbonários*, escreveu também *Roleta chilena* (1981), no qual conta sua experiência jornalística junto ao governo de Salvador Allende. Faleceu em 10 de julho de 2020, em um acidente de carro.

Rodolfo Walsh

"El periodismo es libre o es una farsa". A frase descreve muito bem o que foi a vida do jornalista e escritor argentino Rodolfo Walsh. *Operação massacre* (1957), sobre o fuzilamento de civis na chamada Revolução Libertadora, é visto como um dos precursores mundiais do romance de não ficção. Em 1973, engajou-se na organização peronista Montoneros, da qual também fazia parte sua filha María Victoria. Após a remoção de Isabelita Perón pelas Forças Armadas, em 1976, Walsh precisou suportar a morte da filha, em um confronto com forças repressoras. No ano seguinte, logo após escrever *Carta aberta à junta militar*, Walsh foi assassinado durante uma tentativa de sequestro. Os últimos textos de Walsh foram provavelmente destruídos por militares, mas sua obra não foi apagada: hoje, é lembrado como um herói da palavra escrita em seu país natal.

Hernán Valdés

Antes de ser detido pelos agentes da ditadura de Augusto Pinochet, em fevereiro de 1974, o chileno Hernán Valdés era um escritor promissor em seu país. Preso por engano (a alegação é de que ele tinha conexões com o Movimento de Esquerda Revolucionária, o que sempre negou), foi submetido a interrogatórios e torturas por cerca de um mês. Ao ser libertado, fugiu para a Espanha, onde escreveu *Tejas verdes: diario de un campo de concentración en Chile* (1974). A obra só

seria lançada em seu país natal mais de duas décadas depois. Anos mais tarde, ele também publicou *A partir del fin* (1981), história de um triângulo amoroso em meio aos acontecimentos de setembro de 1973.

Julio Cortázar

Entre 1976 e 1983, o autor de *O jogo da amarelinha* (1963) e *62/modelo para armar* (1968) era proibido por decreto de entrar na Argentina onde cresceu. Em exílio desde os anos 1950 por sentir-se perseguido pelo regime de Juan Domingo Perón, Cortázar desenvolveu uma obra na qual a sensação de não pertencer é um dos temas principais – e, é claro, nunca se alienou das convulsões políticas na América do Sul. Chegou até a visitar o Chile de Allende, nos últimos meses de 1970. De todos os seus muitos escritos, talvez o mais explícito contra a ditadura de Rafael Videla seja "Segunda vez", publicado em *Alguém que anda por aí* (1977) e que trata dos desaparecidos daquele período sombrio. Outras histórias, como "Casa tomada" (em *Bestiário*, 1951) e a novela *O livro de Manuel* (1973), também trazem o horror de Cortázar às ditaduras sul-americanas.

Juan Gelman

Um dos poetas mais aclamados e premiados da língua espanhola, o argentino Juan Gelman sempre trouxe as rimas e a militância política do mesmo lado do peito. Integrante dos Montoneros, estava em viagem pela Itália quando o golpe de março de 1976 levou Rafael Videla ao poder, o que o forçou ao exílio. Em agosto daquele ano, algo ainda mais cruel se sucedeu: foram raptados pelo regime dois de seus filhos, Nora Eva (de 19 anos) e Marcelo Ariel (20), além da nora María Claudia Goyena, que estava grávida de sete meses. A filha foi libertada dias depois, mas Marcelo e María Claudia sumiram para sempre; a neta, nascida em um campo de concentração, só foi reencontrada 23 anos depois. Quando os responsáveis pela morte de Marcelo foram condenados a penas que chegavam à prisão perpétua, garantiu não ter sentido nada – e foi questionando a si mesmo por essa ausência de sentimentos que escreveu o livro *Hoy* (2013), lançado um ano antes de sua morte.

Atenção! Para começar a leitura da segunda parte da revista, vire-a de cabeça para baixo e feche-a. Comece a ler a partir da contracapa.

REC